JN013472

# 世間とズレちゃうのはしょうがない

養老孟司
伊集院光

PHP

# はじめに

伊集院　光

「養老孟司先生と対談本を出しませんか？」ＰＨＰ研究所からそんなお話を頂いたとき、もう舞い上がるほどうれしかったのを覚えています。とあるイベントの仕事で初めてお会いして以来、僕のラジオにも数回ご出演いただいている養老先生に、尊敬の念を持っているのはもちろんなんですが、ある種の親近感を持っているのです。先生と長くお話しできる機会ができる！　二つ返事で飛びつきました。

さて「東大卒の医学博士、解剖学者であり大ベストセラーの著者である先生に対し、伊集院光ごときが親近感？」と笑われるかもしれませんが、同じ匂いを感じるのです。その匂いの元が何なのか、先生のご著書『半分生きて、半分死んでいる』（ＰＨＰ新書）を読んでいてピンときました。

「別に世間が間違っているわけではない。間違っているのは、自分のほうかもしれない。だけど世間と自分がズレていることだけは間違いない。ひょっとすると、そのズレが、物書きになる原動力か、と思う」

この文章を初めて読んだとき、僕は救われたような気がしました。僕が感じていた先生との共通点は「世間からズレている」ことです。

というわけで「世間からズレる」をテーマに対談を重ねることとなり、今度は先生と僕の「ズレ感」の違いが明確になってきました。僕は「風体(ふうてい)ほかの影響でどうしても世間とズレてしまうことに怯(おび)えながら、どうにか修正を試みるも、どうにもならず結果大幅にズレたままだが、今はなんとか調整しつつ生きている」。先生は、とっくの昔に「自分が世間とズレていることは分かっている。しょうがないと開き直って、開いた距離感で世間を冷静に見つめている」。この差は大きいです。

僕は、世間とのズレを悪化させ、登校拒否から高校中退し、さらにズレ幅を大きくし孤独に生きてきた時期があります。先生の言葉はそんな僕に勇気を与えてくれます。

もし、この本が今、世間とのズレに怯えたり困ったりしている方のお役に立てば幸いです。

あと、先にお詫びしておきますが、僕は商売柄、よくしゃべるので、先生に比べて僕の口数が大変多くなっているかと思います。読んで頂くとすぐに分かりますが、大事なことは先生がすべてお話しになられています。文字になってもうるさくてすみません。

# 世間とズレちゃうのはしょうがない　目次

## 第三章 世間って、そもそも何でしょう

## 第四章　たまに世間から抜け出す方法



## 第五章　先生のその発想は、どこから来ているんですか？

## 第六章 「シーラカンス」がいることは、希望ですね

# 第一章

# 僕らは世間からズレている

## ゲーマーの味方をしてくれましたね

**伊集院**：僕が最初に先生に興味を持ったのは、僕が司会をやった、とあるテレビゲームのイベントなんです。先生はその選考委員長をなさっていたんですよね。

**養老**：日本ゲーム大賞。あれ、創設されたときから十年選考委員長をやらされた。

**伊集院**：「ゲームは勉強にもならないんだ、脳にも悪いんだ」と、まだ世間の向かい風がすごいときですよ。しかも養老先生の世代は「ゲームけしからん！」の方がほとんどでしょう。ところが、先生が理路整然と「ゲーム中毒と言うけれども、楽しいことは多かれ少なかれ中毒になるものですよ」と話された。

そして「二宮金次郎は勉強中毒で、当時は役にも立たない勉強を夢中でやっているどうしようもない変わり者だと言われていた。そういうものですよ」と。自分より年上でこういう人がいるんだと驚いたし、ゲーム愛好者としては、すごく味方をしてもらった感じもしました。だから、おそらく世間の価値観とはちょっと違うところにいらっしゃる方なんだろうなとは思っていたんです。

※二宮金次郎……江戸時代後期の農政家。荒廃した下野国（しもつけのくに）の桜町の再建や、飢饉（ききん）に苦しむ小田原の救済に尽力。無類の勉強好きで、十代のときに夜の勉強で使う燈油がもったいないと祖父に言われ、自分でアブラナを育てて菜種油を取った。

**養老**：まぁ僕は半分死んでるようなもんですからね。僕が東京農大に行ってフラフラ歩いていたら、学生が寄ってきて「養老さんじゃないですか」と言うんですよ。「そうだよ」と言ったら、「生きてたんですね。死んだと思ってました」って（笑）。「もう歴史上の人物ですよ」ってフォローしてたけどね。

**伊集院**：それ、フォローですか（笑）。

## 僕は体がでかいことで世間からズレたんです

**伊集院**：ここでは、先生が僕のラジオ番組に来てくださったときにおっしゃっていた「世間」について、先生にいろいろとお話を伺いたいと思っているんです。僕には子ど

ものころに「世間とのズレ」を恐れるようになったはっきりした理由があって、それは体が突出してでかいことです。もちろん、外見なんていうのは、人間のいろいろある要素の中の一つにすぎないのだけれど、単純に見た目が変わっていることは相当きついですね。

人間って外観上異質な存在を排除するじゃないですか。子どものころの僕は制服ひとつとっても人と違う、僕だけ学校指定のジャージが入らない、短パンも入らない。だから自分だけ微妙に色が違う。それは合わせようとしても絶対的に合わせられない。外観はけっこう大きな要素で、人が見て分かりやすい順に大変だと思います。
でもこれは諸刃の剣で、外見的に平均からこぼれた連中は、それを利用して個性的な仕事につきやすいというメリットがあります。でも逆に潰されてしまう人間もいっぱいいるはずです。外見と折り合いをつけて成功しているパターンと、まったく折り合いがつかずに排除されるパターンと両方あるんじゃないかなと思います。

**養老**：伊集院さんは、折り合いをつけたほうですね。

**伊集院**：でも、いつ排除されるか分からない怖さは常にありますね。体がでかいと、周りがみんな幼いときにはすぐリーダーになれるんです。単純に「大きいやつは強い」と思うのでしょう。ところが、しばらくすると「待てよ、体がでかいイコール強いわけじゃないぞ」ということが分かってくる。そうすると、途端にでかいやつがいじめの対象になる。こいつを狩ればトップになれるということなのか、反動がすごいです。**体がでかいことのメリットは幼稚園時代までで、小学三年ぐらいからデメリットが始まるんです。**

幸い僕のクラスに自分よりもちょっとでかくて弱いやつがいて、猛烈にいじめられていたんです。当時は校内暴力やいじめがひどかった時代で、いじめられている理由はただ「でかいのに強いわけではないのがバレたから」だと思います。それを見ていて、「次はおれの番なんじゃないか」という恐怖がすごかったです。だから常に周りの様子をうかがって、合わせて合わせて……。

## 僕は医者に向いていなかった

**伊集院**：先生も世間に無理やり合わせていた時期はあるんですか？

**養老**：いやいや、無理やり合わせようと思ったことなんてないものね。僕の若いころ、たとえば高校で就職を考えるでしょ。当時、大学に行くのは全体の一割ですよ。だから就職しようとしたら、たちまち情報が入ってくるわけです。たとえば「片親の学生は採らない」という会社がある。「こりゃダメだ」となる。僕は幼いときに親父を亡くしているからね。

周りも言うんだよ。「おまえみたいな愛想の悪い人間は会社に合わない」とね。「そりゃそうだな」と思ったから、大学にでも行って勉強するしかない。そういう意味では素直に勉強していました。

それで虫好きでしょ。「じゃあ昆虫を研究しようかな」と思ったら、当時国立大学だと、昆虫を研究しているのは北海道大学と九州大学しかないんですよ。北と南。東大にあったのは害虫教室。害虫には行きたくないんだよ（笑）。

**伊集院**：なんで好き好んで悪い虫のほうに行かなきゃいけないんだ、と（笑）。

**養老**：ふざけんじゃない、と。でもしょうがない。おふくろが医者だったから医学部に入りました。でも医者になる気はなくて、というのも僕は患者さんが苦手なんだよね。だって東大病院は当時、ほかの病院が見放して、もう仕方なく引き継いだ患者さんが多かったんですよ。

だから死ぬのが当たり前。たまに治って「おかげさまでよくなりました」とうれしそうに教授にあいさつに来るのを脇で聞いていると、**「あなた、いずれまた別の病気になっ**

**て必ず死にますよ」**と言いたくなる。僕はだから医者に向かない。

**伊集院**：そりゃ向かないわ（苦笑）。

**養老**：だからずっと解剖をしていました。医学部を出て解剖学をする人って非常に少ないんですよ。だって僕が相手にしていた患者さんは、手遅れとか難病で亡くなった人でしょ。ときどき間違えて僕に医療相談する人がいるんだけど、「死んだら診てやる」と言ってます（笑）。

**伊集院**：もう学生時代から、ずっと世間の常識から外れている。

**養老**：外れているんじゃないかな。合わせようにも、そもそも合わせようがなかったんだね。大学の基礎研究だから、その給料じゃ家だって買えるわけがないと思ってたものね。それどころか結婚することだってできない。だって僕が就職したのは二十九歳ですよ。

**伊集院**：でも世間じゃ、いつまでもぶらぶらしているとか言われるわけですよね。

**養老**：しょうがないんですよ。そういう正規な学生をやっていて二十九になっちゃったんだから。

**伊集院**：先生は「自分が世間からズレている」という自覚も早くて、ズレていることに対して、もがかなかったんですね。でも普通の人はみんな、世間に違和感を持っていても、ズレないように頑張る。僕はそういう時期が長かったので、そっちの気持ちがよく分かります。でも先生の「ズレたらズレたでしょうがない。ズレるという生き方もある」というスタンスには憧れるし、なんだかホッとするんですよね。

**養老**：だいたい僕が普通にやってきたことを、普通の場所で普通にしゃべったら、どんなズレが生じるか分かりませんよ。

## 棺桶を持って非常階段を降りたことある？

**養老**：昔は大学の車で遺体を運んでいたんですよ。夜の七時ごろ、大学に戻って、バンの後ろのドアを開けてお棺を出そうと思ったら、ドアが壊れていて開かないんだよ。スタンドに持っていって直してもらおうかと思ったけど、何しろ乗せてるお客さんがお客さんでしょ。スタンドで「これ何ですか？」と聞かれたら困るじゃない。しょうがないからお棺の上に腹ばいになって、十字ドライバーで後ろのドアのねじを順繰りに外していった。そしたらドアが外れてやっと出せたの。伊集院さん、お棺の上に腹ばいになったことある？

**伊集院**：ないです（笑）。だいたい、死体が近くにあることすらないですよ。

**養老**：いろいろ思い出ありますよ。昔、元旦に病院で一人亡くなった、というから駆けつけたんですよ。運転手さんと二人でお棺を担いで病院の玄関を出ようとしたら、向こ

うから師長さんが必死で走ってくるわけよ。息せき切って「ダメダメ、ダメです」って。

何がダメなのかと思ったら、「元旦に病院の玄関から死んだ人を担ぎ出しちゃ困る」って。「じゃあ、どうすればいいんですか」と聞いたら、小さい病院だから屋上に霊安室があるんだよ。「屋上まで戻って非常階段から降ろしてください」（笑）。伊集院さん、お棺を持って非常階段、降りたことある？

**伊集院**：ないです！

**養老**：大変ですよ。**曲がり角じゃお棺を立てなきゃなんないんだから。**

**伊集院**：先生の話がおもしろいのは、世間の外にいることを自覚している先生が、外から冷静に中を見て、逆に「中の人ってこういうことしないんだ」ってスタンスで世間とのズレを書くからなんですね。

**養老**：逆にね。

**伊集院**：僕のほうは、世間の中になんとか踏みとどまりながら「自分はこう修正している」「これ以上行ったらはみ出る」「はみ出そうになった」「今出ちゃったから戻らないと」という話かも。

**養老**：こちらはむしろ「どこから世間に入れてもらえるか」みたいな感じでね。

**伊集院**：なるほど。「ここだけは、そんなにズレてないや」と言って、ちょっと入れてもらう。

**養老**：だから、この歳で虫を捕っていても平気なんですよ。だって変でしょ、いい大人が山に行って虫を追って駆け回って（笑）。「おまえ、今さら何やってんだよ」ってなもんだよ。

**伊集院**：確かにそう（笑）。そこはもう「ズレてんだからしょうがない」と。

**養老**：この歳になると、「何でおれ、世間に入れてもらっているんだろう」という気が多少しています。

**伊集院**：じゃあ、どんどん「世間ズレ」が進んでいる感じですか。

**養老**：事実上そうですよ。

**伊集院**：完全に離れちゃうと、先生が本に書くことはもうないし、この対談もありえない。そういうことですよね。「ズレ」はひどくなってるけど、まだギリギリ離れてはいない、ズレているだけだからおもしろい。

お笑いは、基本、世間とくっついているからおもしろいんであって、これ完全に離れているものは笑えないですよね。何を話しているのかも分からないだろうし、どこで盛り上がっているかも分からないから。かと言ってズレた箇所がなければ何もおもしろくない。

## この前、五島列島ですごいもの見ましたよ

**伊集院**：虫といえば、最近五島列島を一人で旅したんですが、すごいものを見たんです

よ。是非養老先生に聞いてもらいたいと思ってまして。

僕は今、ダイエットも兼ねて自転車と歩きで教会巡りをしているんです。スマホに「この教会に行きたい」と伝えると、いちばんの近道が出ます。半分、無人島みたいな島の地図が「よく出るな」というぐらい細かく出るんです。

で、スマホの言うとおりに行ったら、高速道路の下を通るコンクリートの歩道にさしかかりまして、そこに今まで見たこともないような、でっかい黄色と黒の縞のジョロウグモがいっぱいいいて、もうクモの巣のトンネルなんです。半地下で周囲は真っ暗なんですが、そこだけ常夜灯が点いていて蛾や羽虫が入ってくるから餌はある。風と雨が入ってこないせいで、あそこで生まれたクモはおそらく全部生き残るんじゃないでしょうか。

理屈があってそこを目指して集まってくるんじゃなくて、生き残るというシステムだと思うんですよ。そこでいっぱい生まれて生き残るという営みがずっと続いてクモだらけ、十年もしたら、あそこはクモで埋まるんじゃないかと思いましたよ。もしかしたら、クモの中でも、より葉っぱに似ているものが生き残っていくのかもしれない。いつかあそこで独自の進化を遂げたクモが出てくるかも、もしかしたら文明が……。先生、やつらは、あそこで何を考えているんですか？「生き残りたい！」ですか。

**養老**：生き残りたいというよりも、死にたくないんでしょうね。

**伊集院**：「死にたくない」けれど、「種を残すためには自分の犠牲も仕方ない」みたいなことまでは考えないですか？

**養老**：そんなことは考えていない。彼らには多分、種なんて概念はないでしょうね。そんなことを考えるのは人間だけですよ。ただ、彼らには「違い」しかないんですよ。僕もまだよく分かっているわけじゃないけど、「違い」しかないんです。今、この建物の外の道を歩いている人は、みんな違いますよね。顔が違ったり、着ている服が違ったり、座っている方向が違ったり。でもそれを丸めて「みんな人間だ」というふうに認識するのはヒトだけです。虫にはそれはないですよ。

**伊集院**：「あいつはおれじゃない」ということしかない。

**養老**：そうそう。「違う」ということだけです。虫だけではなく、犬も猫もそうです。

**伊集院**：すごい。「俺たちはクモだ」とか思ってないんだ。「私たちは人だ」って思うのに。ヒトがかなり特殊ということですか？

**養老**：特殊ですね。

**伊集院**：これって「ズレ」の話と関係ありそうだ。

## 「ドーナツの穴を持ってこい」みたいな話ですね

**伊集院**：僕は、「線を引く」ということに興味があって、たとえば僕の先入観だと人体を解剖している人が、趣味として昆虫を標本にするということに対して、「なぜこの人は仕事とプライベートを分けないのか」と思っちゃうんですよ。

つまり二つはある程度近いことをやっていると思っている。でも先生は昆虫と人間に別種の興味があって、間に明確な線を引いているじゃないですか。

線引きの基準って、本当に人それぞれですよね。その違いが個性と言ってもいいくらい。

**養老**：人間は言葉で線を引いていますよね。解剖をやると、そのことが嫌っていうほど分かりますよ。まず、どこからどこまでが手か、という問題が起こるし、足ってどこからどこまでだ？　たとえば肛門なんて、みんな本に書いてある通りあると思っているんだけど、あれは名詞じゃないんですよね。

というのも、じゃあ「手を切って持ってこい」と言ったら、まだ「どこからどこまでが手か境が分かりません」という程度だけど、「肛門を切って持ってこい」と言って持ってきたら、「おまえ、これは肛門じゃなくて皮膚だよ」となる。同じように「口」ってないんだよ。切ってきたら「唇」だもん。

**伊集院**：「ドーナツの穴を持ってこい」みたいな話。

**養老**：まさにそう。解剖の本によっては「口は消化管の入り口」と書いてある。これは定義になっていないんです。「口」という言葉をまた使っているんだから。だから「口」は機能なんですよ、働きです。

**伊集院**：小話で、それのひどいのがありますよ。「女性器って何だ?」と言われて、男が「入り口だ」と言って、女が「出口だ」と言う。

## 男の不倫にすごく怒る男の人は……

**養老**：「線を引く」ことで言えば、国境だって変だよね。

**伊集院**：それもまだ地図があるからいいものの、ちゃんとした地図が無い時代の山の名前なんて、同じ山でも北側と南側で別の名前で呼んでたりしますからね。

**養老**：山は違うほうから見ると、見え方がまた違うから。

**伊集院**：そうですね。あと役割も違う。こちち側の村では結婚式をやる山だから「花嫁山」、あちら側では墓場がある山だから「骸骨山（がいこつやま）」といった具合に、真逆だったり。国境もお互い「ここから見えるところまでがおれの国だ」と思っているわけだから、どっちかの基準で引いたところで揉（も）めますわね。

**養老**：単なる線引きだよね。

**伊集院**：僕らは確定申告の領収書がすごく多いんだけど、僕なんてやってきたことをラジオでしゃべるのが仕事だから、この旅行はプライベートなのか取材なのかなんて線が引けないいんですよね。

好き嫌いの線引きなんて自分でも分からない。芸能人の不倫に怒っている人の中に不倫願望がある人多いと思いますよ。めちゃめちゃ自分も我慢して自制している人か、過去に不倫が見つかってひどい目にあってる人。男の不倫にすごく怒る男の人は、この2パターンが多いと思う。すごく嫌いなことって、自分が本当は興味があることだったりしますよね。

## 僕が嫌いなものは……

**伊集院**：先生には「昔からこれだけは嫌いだ」というものが何かありますか？

**養老**：素直に嫌いなのはいっぱいありますよ。まずクモが嫌い。

**伊集院**：え？

**養老**：クモがダメ。ゲジゲジも嫌いだもん。

**伊集院**：ええっ？ ちょっと待ってくださいよ！ かなりいろんな話に流れてきましたけど……さっきのクモのトンネルの話は虫好きの先生に喜んでもらおうと思って……僕すごく薄気味悪かったけど、後で先生にお会いしたときに喜んでもらおうと思って歯を食いしばって歩いたのに……写真もいっぱい撮って……ええっ？ ちょっと本当ですか？ クモが嫌いって!?

**養老**：**とくにジョロウグモ**。繁殖したジョロウグモなんて勘弁してほしいよ。

**伊集院**：ちょっと待ってくださいよ！ そのジョロウグモがいっぱいいたんですよ！

何で虫は好きなのにクモは嫌いなんですか!?

**養老**：幼稚園ぐらいのときに、下水の蓋を開けたんだよ。そしたらザトウムシっていうんだよ。円盤みたいな胴体に針金みたいな長い脚がいっぱい付いたやつ。そいつが一〇匹ぐらい蓋に付いていた。じーっと見ていたら、あいつら、上下に体を揺すりはじめたの。人をおどろかそうとしてるわけ。それを見て怖くなっちゃって……。

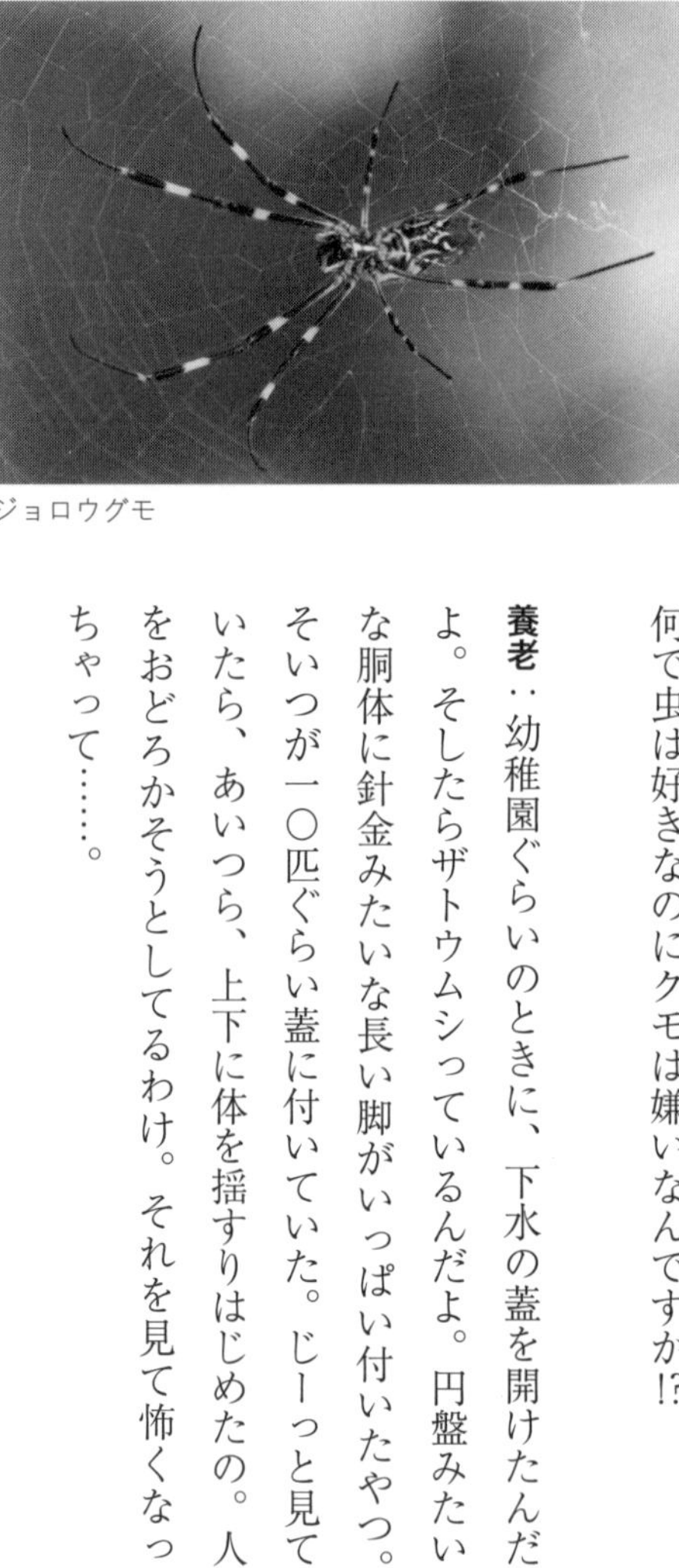
ジョロウグモ

**伊集院**：ちょっと待ってください。もっと怖い虫はいっぱいいるでしょう。刺されたら死んじゃうハチだっているし、毒のある虫だっているわけじゃないですか。

**養老**：いや、ザトウムシのほうがよっぽど怖い。今でもザトウムシは嫌い。脚の長さが五センチ以上になるのもいるもんね。

**伊集院**：じゃあ、そのときに見たザトウムシの類(たぐい)として、クモも嫌いになっている?

**養老**：そうそう。ゲジゲジも嫌だね。なんであんな……何の害もないけどね、あれ。

**伊集院**：世間一般からしたら、虫なんて全部一緒じゃないですか。どこで線が引かれるんですか。

**養老**：それで思うんだけど、虫が好きだというのは多分、嫌いと対になっているんですよ。**だから虫が好きな分だけ今度、クモ嫌い、ゲジゲジ嫌いになる。**そこでプラスマイナスゼロになるわけでしょう。

**伊集院**：常々思っていたんですけど、なぜか僕の好きなものも、大嫌いなもののすぐそばにあるような……。

**養老**：好き嫌いってそういうもんでしょう。確かにクモは普通の昆虫と似ている。だから僕はクモだったら、たとえばハエトリグモってかわいくていいいんだよね。

ザトウムシ

**伊集院**：「ジョロウグモは絶対ダメ。でもハエトリグモは可愛い」……わからん（笑）。

**養老**：だけどハエトリグモのでかい奴になると、トリトリグモになる。ハエじゃなくて鳥を取る。ニューギニアなんかに行くとタランチュラ。あれはダメ、でかすぎる。

**伊集院**：その線引きが分からないから、僕じゃなくってもみんな、よかれと思って養老先生にクモの話をすると思いますよ。「虫好きの先生だから絶対クモも好きなはずだ」って。絶対します。

ハエトリグモ

**養老**：勘弁してくれよ（苦笑）。

**伊集院**：これ、ズレの話でいうと世間一般とは違う先生の好みを理解していると思い込んで、合わせにいって、結果大きくズレるという……。ズレを修正するって、難しいもんだな。

# 第二章

# 僕がなんで不登校になったのかというと。

## へんな手間をかけてる昆虫が生き残っていますよね

**伊集院**：じゃ、クモの話はやめて昆虫の話にします（笑）。

昆虫でおもしろいのは、意外に変な手間のかかる昆虫が生き残っていることだと思っていて。巣の中でキノコを育てるアリとか、普通に考えたら、こんなの滅んでいいだろうという生き物が滅びないじゃないですか。

それと似ているのが、以前本で読んだ未開の部族に残っている一見意味のない風習が、実は科学的だった、という話で、たとえば「鷹を捕るときは処女の女性が血を流した上でしか捕ってはいけない」という風習が、その部族では女性の地位を高めたり鷹の乱獲を防いだりと、結果的に理屈には合っていたりする。

いきなり現象だけを見ると、倫理的にはすごく野蛮に見えるんだけど、科学と離れているところで実は遠回りな効率というか、直接的じゃないことも包括した効率があるんじゃないかと思うんですよ。

**養老**：だからよく分からない風習も、それはそれで世間を維持するために必要なものかもしれないということですね。

アミメアリも、おもしろい虫ですよ。働かないアリがいるんだけど、そのアリが巣から出ていくことがある。

**伊集院**：どうやって生きているんですか。

**養老**：ほかのアリの巣に、言ってみれば寄生しちゃうんだよね。そしてなぜか、元の巣にいるときも、ほかのアリの巣にいるときも、働きアリは働かないアリのためにせっせと食べ物を運ぶんだよ。

**伊集院**：ほう！

**養老**：アミメアリは女王アリがいなかったり、オスがいなくて単為生殖で繁殖したりと、とにかくややこしい話がたくさんあるんだよ。なんでそんなものがいるのか、という話になってね。

**伊集院**：とにかく理屈ぬきでおもしろいんですね。

**養老**：だから、もういいんですよ。根本的には「ある」んだから。「生きてるんだよな」という話。こういう状況だったら、そういうグループもちゃんと生きられるということが生き物にはあって、そこがおもしろいんですよ、生き物って。

## 先生、昆虫って、飽きないですか？

**伊集院**：先生は、箱根の別荘などにたくさん標本をお持ちだって伺いました。昆虫の標本って、オークションでも売ってるじゃないですか。買ったりもするんですか？

**養老**：僕は、買って集めるというよりは、その昆虫の種類を調べたいほうだからね。

**伊集院**：そうか、「集めたい」が目的じゃなくて「調べたい」が目的ですか。だとすると、先生の中の「昆虫を調べたい」はなくならないんですか？

**養老**：あれは終わらないです。

**伊集院**：逆に一生調べ終わらないと分かっても、やり続けられるものなんですか？　コレクションに急に飽きたりとかするじゃないですか。昆虫は飽きないですか？

**養老**：飽きないですね。いろいろな局面があるんですよ。まず虫を見つけて捕るところから始まるでしょ。捕るにも全部工夫がいりますよ。一応予定して捕りに行っても雨が降るでしょ。もしかしたら台風で現地に行けなくなっちゃうかもしれない。ありとあらゆることが起こりうるんです。

捕って帰ってきたら標本にするでしょ。熱帯に一週間も行ってれば、うっかりするとカビが生えるし、乾かしておくと硬くなる。柔らかくするには五〇度のお湯がいちばんです。その都度使う能力が違うから、それで飽きないんだと思いますよ。

**伊集院**：そうなると、「一〇〇％がない」に近いじゃないですか。自分が得た成果が一〇〇％にならない。

**養老**：ならないですよ、絶対に。

**伊集院**：これ僕の中で大きな課題なんですけど、一〇〇％にならないことを「おもしろい」とするのか「きりがない」とするのか……。

**養老**：科学の授業をしているときに、学生からよく聞かれることがありました。「先生、脳のことは今どのくらい分かっているんですか？」**これ、どこかで一〇〇％分かると思っているんだよ。全部分かるわけなんかないのに。**

**伊集院**：若いころは無限のもの、果てしないことを征服できるとどこかで思っていて。

だからこそ始めることができるとも思います。先生は「脳について全部分かる」「虫は全種類分かる」と思わずにスタートしているんですね。

**養老**：そんな極限なんか全然考えないものね。

## 僕がなんで不登校になったのかというと。

**伊集院**：なんでこの話にこだわっているかというと、僕は高校を出ていないんです。やめた理由はいろいろありますが、ある日突然、勉強が嫌になったんです。それは**「勉強をすればするほど達成度のパーセンテージが下がる」**と思ったんです。

たとえば、僕の通っていた小学校では三年生まで「私たちの荒川区」と題して、地元の荒川区の勉強をするんですよ。それを覚えて四年生になると、今度は「私たちの東京都」が始まる。よし、全部覚えたと思ったら、次は「日本」の話が始まった。そのときに「勉強ってすればするほど自分の考えていた達成度が下がる」と思い始めたんです。高校のときに、それじゃあもう手に負えない、とちょっとノイローゼみたいになって、学校に行くのが嫌になっちゃった。登校拒否ですよ。これがこの本のテーマの「世間とのズレ」の決定的なやつかもしれない。

「学校に行かなかった理由は何ですか?」と聞かれたとき、僕はいじめられてもいなかったので、そういう意味での障害は何もなかったんです。でもある日突然、「勉強すればするほど、おれは頭が悪くなっていく」と思った。それは自分の中で衝撃でした。いつか一〇〇%征服できるものだと思っていたから。先生は昆虫でも脳でも、その〝きりがない問題〟をどうしてるんですか。

**養老**:それで思い出したけど、「ゾウムシの検索表」といって、アジアのゾウムシを順にまとめた人がいるんです。その人に「こういうのもいるんだけど」と新しく捕ったゾウムシの新種を持っていったら、「こちらの表が壊れるからもうやめてくれ」と言われました。

**伊集院**:ああ、その人の気持ちはよく分かります。「苦労してちゃんと表をつくったのに、何を余計なことしてくれるんだ!」と(笑)。

**養老**:最初からやり直さなきゃならないからね。それは分かるんだよ。注いだ努力が無駄になるわけでしょ。逆に言うと、その表をつくるのに努力しすぎたんだよね。もうちょっと手前でやめとかなきゃいけない。そうすれば、新しいのが入ってきても最初からガラガラポンでいける。

**伊集院**：手前でやめておく……ですか。

## やっぱり戦争の経験のある人には敵わないな……

**養老**：僕は小学生のときに、そのガラガラポンをやらされたから。

**伊集院**：え？　それはどういう……。

**養老**：**終戦ですよ。**それまでは「一億玉砕」「本土決戦」といわれていたのが、戦争が終わったらとたんに「ポン」となくなってしまって、「平和憲法」「マッカーサー万歳」の世の中になってしまった。

**伊集院**：僕、そのことを前から思っていたんです。自分の親たちの世代にちょっと敵わないなと思うのは、彼らが戦争を経験しているからなんです。親父がいつも言っていたのは、生徒が校庭にある銅像か何かに一礼しないといきなりぶん殴っていた先生が、戦争が終わった途端、まったく関係のないことを言いだした。そのときのポカンというか恐怖というか、わけの分からない感じ。

親父に「戦争が終わったとき、うれしかったの？」と聞いたら「うれしくなかったことはないんだけど、うれしいとかいう感情じゃなくて、もっとすごいことなんだ」と言うんです。そのとき言われたのは、**「おまえ、今まで習ってきた教科書が全部ウソだと言われたらどう思う？」**。

**養老**：そうです。ウソだと言われる以上に、自分で墨をすって、教科書の戦争に関係あるところを全部黒く塗らされたわけだからね。みんなで声を揃えて何度も読んだところですよ。だから理屈じゃないんだよね。感覚ですよ。肉体感覚。

**伊集院**：そのガラガラポン体験が生きているから、先生には「何かしらそういうことは起こるよ」という覚悟があるんですね。

**養老**：だから「自分がつくったゾウムシ検索表が壊れるからやめてくれ」と言われたときに「ああ、若いな」と思った。

**伊集院**：その人は自分が積み上げたものが必ず一〇〇に到達するという思いがどこかにあったんでしょうね。

**養老**：一〇〇にしたいんだね。だからこれ以上持ち込まないでくれ、と。

**伊集院**：僕らも何かしら積み上げていけば右肩上がりになるものだと、どこかで思っているんですよ。NHKの「100分de名著」という、古典とか名著を読む番組に出演しているんですが、勧善懲悪の単純な物語が時代とともにどんどん複雑になってきているのだろうと思っていたら、「あれ？　大昔にもすごいの、あるじゃん」と知ったときの混乱。「オイディプス王」の複雑かつおもしろい設定なんて最新の映画のようだし「維摩経（ゆいまきょう）」のダイナミックさ。これってどこでリセットされたんだろうって。

※100分de名著……NHKEテレの教養番組。一回二十五分、ひと月に四回放送、計一〇〇分で一冊の名著を読み解く。伊集院光とアシスタントのアナウンサー

相手に、専門家が古典の魅力を解説する。これまで取り上げられた名著は、『論語』『万葉集』『罪と罰』、さらには『星の王子さま』『赤毛のアン』など。

※オイディプス王……ソポクレスによる、ギリシャ悲劇の代表的作品。神託の予言が、王の子ども（オイディプス王）は将来父を殺し、母を妻とするだろう、と告げる。王はそれを避けるべく子どもを殺すことを命じるが、子どもは生き長らえ、やがて予言は実現してしまう。劇では、王殺しの犯人を捜索する過程で予言の実現が明らかになっていく様を描く。

※維摩経……仏教経典の一つ。在家の仏教信者である維摩居士（こじ）が病気になった際に、仏弟子たちを呼び、一人ひとり論破する、という形式で叙述されている。空（くう）の思想（すべての事物は因縁によってできた仮の姿で実体はないという考え方）や大乗（多くの人々を悟りに導こうとすること）について語る。

僕らはこつこつ積み上げていけば一〇〇%になると世間から教わってきたから、逆に一〇〇％になりそうにないものには最初から行きたがらないし、一〇〇％にならないと分かったときのショックがでかいんですよ。積み上げても時に逆戻りする、あるいはガラガラポンでなくなっちゃうことに対して恐怖や絶望を抱いたり、一〇〇％に近づいたことに慢心するんです。

**養老**：僕の同世代でも、終戦を迎えた年度にちょっとしたズレがあるだけで感覚はかなり違いますけどね。

**伊集院**：戦争のガラガラポンの話、もっと聞きたいですね。なんだろう、すごく興味があって、戦争が悲惨だったことは分かるんです。でも「悲惨だった」だけだと、全然実感が湧かない。

僕らは人のニーズに合わせて笑わせる仕事だから、世の中が戦争のほうに向いて、たとえば「敵は鬼畜だ」と信じていたら、鬼畜を殺すギャグを言っていたと思う。今では笑えないひどいことでもそれがそのときの世間だったと思う。戦時中にも、ないはずはないんですよ。でもそれは黒く塗られて、なかったことになっている。

僕らは「みんなは反対だった戦争を一部の間違った人が始めて、罪のない人が死にました」とか「愚かな大人が起こした戦争が終わって、子どもたちは全員喜びました」とか聞かされるんです。それだと、正しいことが変わった戸惑いとか、微妙なニュアンスとかがよく分からないんですよ。

**養老**：当時は子どもだから、あまり言葉に出してはしゃべらないよ。でも大人の世界を見ていると、竹やり訓練をやったりバケツリレーをやったりしていた。いくらなんでも若干疑うよ、子ども心にも「これ本気かな」と。頭の上を飛ぶB29が落とした焼夷弾(しょういだん)を見ていて、**「あれをバケツで消せるのかよ」**と思うよね。

**伊集院**：それは「間違っていると思っていた」と「正しいと思っていた」の二択じゃなくて、「何やらおかしい。だけどあれだけ大人が必死にやっているんだから、やらなきゃいけないんだろうし」という……。

**養老**：そう。真剣さは通じてくる。

たとえば当時は国民がみんな、武器製造に必要な金属を供出させられたでしょ。お寺

の鐘とか鉄道のレールとか。ガキ大将が「古い金属がお国のためになるらしい」とどこかで聞きつけて、あっちこっちに転がっている錆びたくず鉄を子どもたちで集めて警察に持っていったんですよ。そのときによく覚えているのは、**警察官の迷惑そうな顔**。お国のために子どもが拾ってきたんだから文句も言えない。だけど……という、そういうのはよく覚えてるね。

**伊集院**：そういうリアルな話がほしいんですよ。

いつの世も単純な正義感を持っているガキ大将っています。すぐに大人に感化される。なんかへんだなと思いながらも一緒になってついてく子もいる。大人はその行動は否定できないけど、正直面倒くさいものを持ってこられたから、「よくやった」と口では言いつつも実はそうは思ってない空気を出す。ガキ大将は感じてないけど、養老少年は違和感をほんのちょっと強くする。戦争末期の微妙な空気感が僕にも理解できます。これを単純な話にすればするほどなんか胡散臭（うさんくさ）いしつまらない。

## サンドウィッチマンが売れた理由は……

**伊集院**：笑われるのを承知で言えば、僕は、僕なりの、あくまで僕なりのですけど、究極のラジオ話芸みたいなものを目指しているし、そのことをいつも考えていますが、たとえいつかそれが一〇〇％できたとしても、**生放送中にうっかり寝ちゃったやつのおもしろさには到底かなわないんですよ（笑）**。

**養老**：それは、その通り（笑）。

**伊集院**：かといって**「じゃあ僕も生放送中に寝てやろう」と計画して寝てもおもしろく**

**ないんです。**究極の話芸なんてとても……と思うんですけど、届かないと思っていても進んだ先にしかない境地はあるはずなんです。言うのは簡単ですけど……へこむことばかりで。

そのなかで僕がコンプレックスを持つのは、いったん死にかけた人間に対してなんです。つまり同じような年代でもガラガラポン体験を経た人間は強いんですよ。交通事故に遭いました、大病しました、もう死ぬと言われました、でもこの世に戻ってきました、という人は、どこか僕とは違います。

「どうせ到達しなかった人生だ」と思っている分度胸が据わっている。だから到達できないという恐怖と無縁なんだと思います。

敗戦のように一夜にして一八〇度ズレたとか、ねじ切れそうになったみたいな経験がある人間と、しがみつきながらゆっくりズレていっている僕との「開き直り度の差」みたいなのは、ホント感じますね。

**養老**：今になって思うと、決して意識したわけではないんだけど、**言葉というものを信じない**という感覚はあったと思いますね。「一億玉砕、本土決戦」があっという間に「平和憲法、マッカーサー万歳」になったわけですから。口には出さなかったけど、これだって一億玉砕と同じようなもんだと思ってましたね。

**伊集院**：もしかしたら、東日本大震災の直撃を受けた人の中から出てくるのかなと思ったりするんです。一瞬にして価値観が変わる、世間の中にいると思ったら外に立っていたといったことは、たぶんそういう体験から来るんだろうなと思います。現に震災をきっかけにまったく違う道を歩き始めた人がいますからね。

あの地震が起こったとき、宮城県の気仙沼(けせんぬま)を訪れていたお笑いコンビのサンドウィッチマンがその後、一気に売れたのも、彼らがあの現場で体験したことと何か関係あるような気がするんですよ。僕は彼らが売れないころからよく知っています。売れたいちばんの理由は彼らの漫才の実力だろうけど、トップに躍り出たのは、**「人を喜ばせたい」という素朴な原点に彼らが立ち返ったから**のような気がするんです。かなわないと。

**養老**：なるほど。

※サンドウィッチマン……お笑いコンビ。一九九八年にコンビ結成。二〇〇七年に「M-1グランプリ」で王者になる。どちらも宮城県出身で、ボケの富澤たけしは仙台市出身、ツッコミの伊達みきおは泉市（現・仙台市泉区）出身。東日本大震災発生時は、宮城県気仙沼市でテレビ番組のロケを行っていた。

**伊集院**：こうしてお話させてもらって気づいたんですけど、僕が学校を辞めたのは、勉強という世界はゴールが逃げていくってことに気づいたからで間違いないです。ものすごく大変なのに、ここまでやったらゴールだよっていうのがない。だから自分の好きなことをやるほうに向かったんですね。思えば、そこで古典落語という世界に入ったのも古典というのが、とっくの昔にでき上がって安定している世界だったからじゃないかなとも思います。僕が古典落語を選んだときに流行の最先端は漫才だったにもかかわらず、完成形の見えている世界に行った。

**養老**：もう積み上がりきっている。

**伊集院**：はい。ところがこれがとんでもなく奥が深い世界で、すでに一〇〇だと思っていた落語の満点というのは実は無限大だということが今なら分かりますが（苦笑）。「あれ？　これ一〇〇どころか一〇〇〇あるぞ」と。そこに関しては自分の能力のほうが全然ないことに初めて気づいて、「やり遂げたい」なんて大それたことも思わなくなりました。

## 本音を言うと、科学の理論をバカにしているんです

**伊集院**：さきほど「言葉というものを信じない」とおっしゃいましたけど、じゃあ、言葉で書かれた科学論文についてはどうでしょう？

**養老**：本音を言うと、**そういう「理論」をバカにしてるわけですよ。**

**伊集院**：ん？

**養老**：そりゃそうですよ。そんなもの、本気になって信じるかよ、というのがどこかに

あるんですよ。

**伊集院**：ちょっと疑ってかかる？

**養老**：もちろん、そうですよ。

**伊集院**：でもある程度、自分の中で理論が完成するじゃないですか。

**養老**：そう。だから脳みその話に興味があるのは、そんな理屈を言ったって、それを考えているのはおまえの脳みそだろうが、とそこへ戻るんですよ。

脳みそをいじったら、いっぺんに変わるだろ、ということです。「科学的に証明されたから正しい」と思っているのは、科学者の意識でしかないわけでしょ。意識っていったん寝たら、なくなってしまうようなものですよ。しかも意識は自分で出たり引っ込んだりしているわけじゃなくて、睡眠とかアルコールで、いわば「あなた任せ」で現れたり消えたりしているんです。

**伊集院**：学問をする人たちは、もっと自分が打ち出してきた理論とか仮説に固執（こしつ）するんだと僕は思っていたんです。そこに縛られるんだ、と。

**養老**：でも本当に親しくなって、建前をいっさい排して本音を聞いてみると、僕に近いことを言うんじゃないかな。まあ、やるにはやったけどさ、と。一応、みんなが立派な仕事だとほめてくれるから、そういうことにしてあるけど、実はさ……と。そこのところを分かっている人こそが学者として立派な人ですよ。

**伊集院**：それは自分が発見する充実感とともに危うさというか、不確かさとか曖昧さみたいなものがあるということなんでしょうか？

**養老**：一九九六年に"The End of Science"（邦訳『科学の終焉』竹内薫訳、徳間書店）という本が出たんだけど、ジョン・ホーガンというジャーナリストがノーベル賞をもらった世界中の有名な科学者たちに会って、「科学は世界を解明するか」という簡単な質問をしているんです。結局、答えの九割九分**「解明するわけねえだろ」**（笑）。

「科学が進歩すれば、世界がだんだん解明されていく」ことが一応建前じゃないですか。でもやっている本人たちは信用していないことが分かるわけ。要するに科学が完全に煮詰まっている。だから「科学の終焉」なんですよ。

## 先生と「男と女」の話をするとは!

**伊集院**：じゃあ、先生はこれまで仕事をする上で、驚くような発見はなかったんですか?

**養老**：僕は仕事でびっくりすることはあんまりなかったですね。だからおもしろくない。

**伊集院**：じゃあ、別に脳でも虫でもいいんです。これはありえないだろう、というショックを受けたことって何かないんですか?

**養老**：実はありますよ。あるけど、それは仕事の話じゃないからね。男と女なんか典型じゃないですか?

**伊集院**：男と女?

**養老**：だって、これはしょうがないでしょう。相手次第だからね。

**伊集院**：**まさかこの二人で男と女の話をするとは思わなかったです**(笑)。確かに男女間は「そんなはずじゃ!?」の連続。

**養老**：そういうところでは、しょっちゅうあることですよ。

**伊集院**：疑いもしなかった相手から別れ話を切り出されるし、その逆もなくはない。
**養老**：女性って分かんないでしょ？
**伊集院**：分かんない。
**養老**：昨日もテレビで何か夫婦げんかの理由を言ってたな。奥さんが言うには「男は理屈を言う」と。「そんな理屈、こっちは聞いてない。ただ、『すごいね』と言ってほしいだけなんだ」と訴えているわけ。そういうこと、しょっちゅうやりません？
**伊集院**：僕は自分のかみさんが、あまりにも自分と違う人すぎて、感心することしかなくなっちゃってます。同じ言葉を使っているからおかしなことになるだけで、たとえば僕と彼女はもう「しゃべる」ということの意味しているものが違うと思うんですよ。
かみさんとは会話をしているんだけど、「今からお話をしましょう」と言ってるときの「お話」が指している言葉の意味が実はまったく違うんじゃないかと。
僕がしゃべる理由はまずは伝達だけど、向こうは快感のためにしゃべってるという感じがするんです。かみさんはしゃべることが快感で、僕は通じることが快感だから、そこはもう全然会話の意味が違います。

**養老**：この間、菊池寛賞を受賞したユーミン（松任谷由実）の授賞式があって、控室に入ってきた林真理子さんとユーミンが二人できゃあきゃあしゃべってるんだよ。ほとんど踊りを踊っているみたいに。見ていて「二人で何しゃべってるんだろうなぁ。ああいうもんかなぁ」と（笑）。

**伊集院**：うちのかみさんは友達と**一時間のドラマの話を二時間してるんですよね**、どうやったらそうなるんだろうと思うんだけど。むしろ絶対時間縮まるじゃないですか。僕は「こういうストーリーですよ」と情報として伝達したいだけなんだから。

あと情報伝達としてのおしゃべりはある程度ゴールが決まってますよね。あることを伝達したくて、これが完璧に伝わるというゴールが決まっていて、相手が分からないようだったら補足するわけなんだけど、感覚派快感派のメインはそういうことじゃないんですよ。何かを伝えるということとは別に、しゃべること自体の楽しさがあって、二人でしゃべっているときには二つを分けないとダメらしい。

**養老**：そうです（笑）。オバサンたちが一所懸命話しているでしょ。中年くらいまでは、馬鹿にして、聞いてもいなかったの。でも自分がジイサンになってきたら、いくらか話に乗れるようになってきた。話は中身だけじゃないよ、ということが身にしみてきたんだと思う。

## 世間とズレていることを認めるといいですね

**養老**：僕は別に好き嫌いはあんまりないと思うんだけど、まあ人並みぐらいでしょうね。でも僕のことを苦手にする人はいますよ。僕が初めてNHKでインタビューを受けたときに、アナウンサーがすごくまじめな人でね。こっちがしゃべっていることが全然通じていないということが、よく分かるんですよ。これ、困るんです。

**伊集院**：ああ、すごく分かります。質問する勇気があればまだいいんだけど、そういう人は「先生、分からないんですけど……」と言わないんですよ。

**養老**：そうそう、そうなんです。

**伊集院**：それは多分、インタビュー相手に「分からないんですけど」と言うと、自分のレベルが低いことを認めることになるし、もっと言えば怒られるんじゃないか、バカにされるんじゃないか、好意的に言うと、相手に失礼なんじゃないか、というのもあると思うんですよ。**だけど、僕がこの仕事で学んだことは、分からないときに「分からないんですけど」と言っても、相手の方は怒るどころか、よりちゃんと話そうとしてくれるということですね。**

**養老**：だってこっちは毎日、学生を扱っているんだから「分からなくて当たり前」と思っているんですよ。NHKあたりになると、そこがおもしろいですね。

**伊集院**：先ほど話した「100分de名著」の出演依頼が来たときに、「分からないという立場でよかったらやらせていただきます」と言ってやらせてもらったんです。このスタンスがそれなりに好評なんです。それはNHKのアナウンサーさんが、立場上なかなか「分からない」と言えないから。でも僕は「ちょっと待ってください、今のもう全然分かんないです」と言える。

もっと言えば、逆に「このゲスト、答えに困っちゃいそうだな」と思うときは、「分からないんですけど」を遠慮するんです。それをやっちゃうと、ゲストが恥をかいちゃう可能性があると思うから。だから信頼すればするほど「すみません、そこ分からないです。もうちょっと平たく言えますか」と言うんだけど、立場上、アナウンサーはなかなか言えなくて。

**養老**：話が止まっちゃうんだよ。

**伊集院**：正直に分からないなら分からないと言うぞ！と心に誓って収録を始めます。逆にアナウンサーは鍛えられていて、そういうときでも繋(つな)げられるいろんな言葉を知っているから、おそらくあまり分からないままでも進行を続けられてしまうんでしょうね。

**養老**：でも、何の話をしてるんだか、お互いに分からなくなってしまう。

**伊集院**：これって、「世間とのズレ」にも通じる話ですね。世間とズレていることに対して**「僕、ズレていると思います」**と言うことで、そのズレがある程度修正されることがある。世間とのズレを認識している時点で、実はある程度世間を把握しているわけだから、「こいつ、完全にわけが分かってないわけじゃないな」と世間側も理解してくれます。ズレていることを認めることは、一つの武器になるんじゃないかな。

ズレている自覚がないままズレていたり、ズレていないふりをし続けるほうが、苦痛だし危険かもしれないですね。

「こいつ、仲間の気でいるな」というほうが、群れとしておそらく怖いわけですよね。

「こいつをここにおいておいたらうちの群れは全滅するぞ」となっちゃうでしょう。

# 第三章

# 世間って、そもそも何でしょう

## 人は「見た目」で共同体から外されるんです

**伊集院**：僕はやっぱり「そもそも外見が世間とズレている」ことの問題が気になりますね。それこそ、一言もしゃべらないうちから、仲間に入れてもらえないこともある。

**養老**：**歴史的に、外見は世間に属するか外されるかに大きく関わっているんです。**それを象徴するのが「五体満足」という言葉です。日本では五体満足でなければ共同体から外される傾向がありました。

近年、それがはっきり表れたのは、サリドマイド児の生存率ですよ。日本は三〇％で、欧米の五〇％に比べて二〇％も低い。日本では「あえて治療しない」という選択によって生存率が低くなっているわけです。それは五体満足という、共同体に入る資格がそのまま現代に通用しているということです。共同体に属しているメンバーは意外に気がついていないんだけど、共同体に入るには見た目がまともじゃないといけない、ということなんですよ。

※サリドマイド児……一九五七年、日本では一九五八年に睡眠薬として発売されたサリドマイドを妊婦が服用し、奇形児が誕生。一九六二年に薬の販売停止・回収が決定。世界各国では一万人のサリドマイド児が生まれ、五〇〇〇人弱が生き残ったといわれている。また、日本国内においては一〇〇〇人以上の被害児が生まれ、一九七四年の裁判和解後に三〇九人がサリドマイド被害児として認定を受けた。

**伊集院**：やっぱり見た目ですか。

**養老**：そう。それが強く出たのは、国のらい病に関する報告書（「ハンセン病問題に関する検証会議最終報告書」）で、ハンセン病は本来、らい病と呼ばなければいけないんです。それが問題になったのは、らい病患者には伝統的に非常に強い差別があったからなんですね。もちろん患者さんにもよるんだけど、らい病は基本的には皮膚に病変が生じて顔や形が崩れてしまう。だから呼び名が変わったんです。これは言葉にしなくても、暗黙の了解としてありました。

※らい病……らい菌による感染症。知覚麻痺や皮膚症状のほかに、脱毛、顔面や手

の指の変形などもみられる。感染力は極めて弱いのだが、日本では一九三一年に患者を強制的に隔離させるための法律（らい予防法）が制定され、患者は全国の国立療養所に収容された。その後、「らい病」という表現は差別的と見なされるようになり、らい菌の発見者アルマウェル・ハンセン（ノルウェー）に由来するハンセン病という呼び名が一般的になった。

**伊集院**：僕が最近すごく感心したのは、パラリンピック競技の「ブラインドサッカー」というスポーツなんです。これは目の不自由な人たちが、ボールは見えないけれど、鈴が入って音が鳴るボールでサッカーをする。これが見事なんですよ。

彼らがほかのパラアスリートたちと決定的に違うなと感じたのは、その明るさです。外見によって人を差別することがないから、逆に差別されているという意識も少ないような気がする。

**養老**：差別されている側が、差別されていることに気がつかずに済んでいるわけですね。

※ブラインドサッカー……正式名称は「視覚障害者5人制サッカー」。障害の程度にかかわらずプレーヤーの条件を同じにするために、ゴールキーパー以外のフィールドプレイヤーはアイマスクを着用してプレーする。またボールの中には、プレーヤーに位置を知らせるための鈴が入っている。

**伊集院**：たとえその外見にすぐに分かるような障害があっても、彼らはそこに関してまったく気おくれしていません。だから底抜けに明るい。だから今、先生が言われた、外見によって共同体から外されるという理屈から、彼らはのがれられているんだと思います。外見的な世間とのズレがそこまで強く入ってこないんです。もちろんその他の差において困難は多いと思いますが、彼らと過ごすと、僕のほうが元気をもらえます。

## 世間から完全に離れられるのはいつ？

**伊集院**：あと「ズレ」という言葉もポイントですね。「ズレる」ってまだ少し触れていますから。死んだら、世間も何もこの世と完全に離れるわけだから、ズレでも何でもなくなりますからね。

**養老**：そう、死んだら「世間」から完全に離れるんですよ。人ではなくなるから。**引っくり返して言うと、死なないと外してもらえない。**ずっと履歴書に「昭和三十七年、東京大学医学部卒業」と書かなきゃいけない。「もう勘弁してよ」と言うんだけど、勘弁してもらえない。

**伊集院**：生きている限り、世間が許さない。

**養老**：生きていれば、世間から抜けられないんです。でも、死んだ人は名前がなくなる。昔から轢死体とか殺人の被害者は「人間でないもの」を指す尊称で「仏」と呼ばれていました。水死体の場合は、「人間でないもの」を指す蔑称で「土左衛門」になってしまう。上げたり下げたりして、世間から外してしまうんです。

でも、家族の中では死んでいない。自分の家族が亡くなったときに、亡くなった人を「死体」と表現する人は一人もいません。本人の名前で呼びます。つまりまだ生きているわけです。

その人が死んでいるかどうか、その線引きは、客観的にはありません。生きていた間のその人との人間関係で決まります。一人称、二人称、三人称の死がありますからね。一人称、つまり私の死は「ない」。私が死んでいることを知っている「私」はいない。二人称の死は家族の死で、三人称、つまり赤の他人の死は、「関係ない」ものになる。日本人にとって、死とはこの一人称、二人称、三人称で語られるものでした。でも現代人は、客観的な死があると思っている。それは、いわば神の目線なんです。二人称の死も、三人称の死も、客観的な死だと見なしている。

だから、現代人は遺体や人骨標本なんかを、むやみに大切にしなければならないと思っている。

以前、女子医大で古くなった実習用の人骨標本を段ボールに入れて廊下に置いてあったことが、不祥事として新聞ダネになったことがあったんです。そのとき僕が思ったのは「そんなこと言っても、お骨はどこに置くのが正しい位置なんだよ?」そうでしょ?祭壇を組んで、キンキラキンの箱の中に入れて拝んだらいいのか。

**伊集院**:そこをきちんとしたがるのは現代人っぽいですね。

**養老**：僕の結論は、要するに、亡くなった人も生きている患者さんとまったく同じ扱いをすればいい、ということです。そうすれば何の問題も起きない。口がきけない、動けない、意識がない患者さんがいるでしょ。そういう人たちは普通にストレッチャーで運びますよね。それでいいわけです。それ以上丁寧に扱っても意味がない。

**伊集院**：今思い浮かんだのは、『寄生獣』という漫画で、宇宙から来たっぽい生物が人間を乗っ取って人間そっくりになっているという話なんです。

　主人公への違和感を抱いたガールフレンドが、弱った犬を優しく抱く主人公を見て「以前と変わらない優しい人だ」と安心する。読者の僕は「彼はまだ人間の心を持っている」と感じるんですが、次の瞬間、犬の心臓が止まるとともに彼は躊躇（ちゅうちょ）なく犬？！犬の死骸？！をゴミ箱にポンと捨てる。ガールフレンドはショックを受け、僕は「ああ、彼は人間ではない」と思うんです。

　僕らは死体に関していつも曖昧な何か、どうしていいか分からない何かを持っているけど、少なくともポンと捨てちゃいけないとは思っているんだと思います。

※寄生獣……一九八八年から九五年にかけて発表された、岩明均作の漫画。人間の脳神経に寄生し、外見は人間そのままで他の人間を捕食してしまう正体不明のパラサイトが現れた世界を描く。主人公は、脳神経ではなく右腕をパラサイトに寄生された高校生の新一。

## 死んだら人はモノになる。なぜか？

**養老**：日本の世間は、死んだ人に対しては、生きているときの資格を剝奪（はくだつ）しますね。仲間から外すんですよ。

それをよく示しているのは、告別式のときにくれる「会葬御礼」の袋に入っている「お清め」と書かれた小さな袋です。中に塩が入っていますね。**昨日までお見舞いに行ったときは何もする必要はなかったのに、死んだ途端にお清めの対象になるんですよ。**

**伊集院**：手のひらを返したように。

**養老**：見事なもので、そこから先は別のものとなるわけです。ずいぶん前に、脳死後の臓器移植が議論になったころ、『人は死ねばゴミになる』というタイトルの本が出ました（伊藤栄樹著、小学館文庫）。脳死を人の死と認めた「脳死臨調」の少数意見にも、それに近い考えが出ました。脳死臨調の報告書は珍しく多数意見と少数意見との両論を併記したんですよ。

※脳死と臓器移植　一九九二年、首相の諮問機関である脳死臨調（臨時脳死及び臓器移植調査会）は、脳死を人の死と見なすことを認める見解を示した。脳死とは、脳の機能は完全に失われ、回復不能であり、人工呼吸器で心臓や肺は機能している段階。心臓や肝臓などを移植する際には、脳死の状態で新鮮な臓器を摘出することが求められる。九七年には「本人に臓器提供意思のある場合に限り、脳死を死と認める」とする臓器移植法が成立した。二〇二〇年一月現在までに、脳死状態から臓器が移植された例は六六七例に上る。

法律家の少数意見を読んで驚いたのは、要するに**「死んだら人はモノだ」**とある。意味が分からずに読んでいくと、「なぜなら死者には人権がないから」。なるほど、法律家の見方はそうなんだ、生きている人には人権があるけど、死んだら人権がないので人ではない、人ではないが残っているからそれはモノだ、という結論を出しています。

**伊集院**：それって、少数意見なんですか、しかも法律家の。

**養老**：「脳死を人の死と認めた脳死臨調の多数意見と少数意見、どちらが『人は死んだらモノ』と書いていると思う？」と聞いたら、多数意見に決まってますよね。だって死んだ人はモノだから心臓を取り出してもいいという理屈になる、と誰でも思います。でも今言ったように逆で、少数意見なんです。つまりそこでも話が非常に混乱しているのが分かります。

**伊集院**：ここでも線引きに困ってる。

**養老**：ではモノとは何か。僕の定義は簡単です。対象を五感のすべてで捉えられるときに、それを「モノ」と言う。見ればある、叩けば音がする、嗅げば匂いがする、触れば感じる、舐めれば味がする。五感のすべてに訴える場合はモノとしている。

たとえば、夕焼けは見えるけれど、触れられないからモノではない。声も耳で捉えられるけれど、見えないからモノではない。みんな無意識にそうやって区別しているんですよ。そうすると、人間は生きていても死んでいても、モノです。

**伊集院**：なるほど。

**養老**：普通に走っていて、伊集院さんにぶつかったらケガをするわけです。

**伊集院**：はい、モノです。そうなると、人とモノという分け方は変ですね。モノと人の間に境目があるわけじゃない。「モノ」という大きな集合の中の「人」だから。

**養老**：だから「生きている」と「死んでいる」って、モノかモノじゃないかは無関係なんですよ。

**伊集院**：そうなるとますます、先生の仕事って難しいですよね。

**養老**：昔は、死体は生きているか死んでいるか、分からないものだった。いつ生き返っても不思議ではないと思われていたんです。だから、解剖するのは死刑囚の死体だった。死刑囚なら生き返ってはいけないからです。

僕が解剖をしていたときは、いわゆる三兆候が出ると「死」が確定して、解剖していいと見なされていました。三兆候とは、「自発呼吸が止まる」「心臓が止まる」「瞳孔(どうこう)が開く」。脳死とは、人工呼吸器で呼吸していて自発呼吸はしていないが、心臓は動いているという状態です。

でも、先ほど言ったように、家族の中では死んでいない。だから解剖用の死体を献体していただく際に、家族の方がいったん「献体する」と言っておいて、実際は献体されなかったケースも、全体の一割ほどありましたね。

## 都市において、意識で扱えないものは排除されます

**養老**：死んだ人を扱う職業は、歴史的には都市ができると成立するんですよ。**都市というのは、根本的には「意識の世界」だからです。**意識のないもの、意識が回復しないもの、つまり死んだ人はその中にない。自然物になるわけです。

自然のものを都会の人はうまく扱えません。だからそれを扱う仕事は独立してしまう

んです。それが日本の、中世、近世における賤民（せんみん）身分の「穢多（えた）」と呼ばれた人たちだったんです。

※穢多……中世、近世の被差別民の一つ。江戸時代には非人と呼ばれた人々とともに士農工商の下におかれ、居住地の制限も受けた。主に皮革業に従事し、死んだ牛馬の処理、犯罪者の逮捕や罪人の処刑などに使役された。

彼らは動物の死骸を含めて死体を取り扱う権限を持っていました。だから貧しい農家でも、死んだ牛を勝手に食べてはいけなかった。それを扱うのは穢多の権利に属し、戦国時代は大名がその権利を保障しました。というのも、戦国大名は武具や馬具に動物の皮革を使うので、皮革職人の権利の保障が必要だったからです。だから彼らは単に差別されるだけではなく、一方で権限を持っていたんです。

**伊集院**：こうした話題はかなりデリケートですね。

**養老**：それが日本だけのことかというと、実は中世ヨーロッパでも似たようなことをしていますね。つまり人の身体を直接に扱う職業は賤業で、たとえばそれは床屋であり産婆でした。それが実は王侯貴族と結びつくんです。

ヨーロッパの名門王家であるハプスブルク家では、十七、十八世紀ごろから王位継承権のある人たちが王家の正式な一員でした。彼らは亡くなると体を三つに分けるんですよ。心臓は銀の壺に入れて、ウィーンのアウグスティーナ教会という宮廷付属の教会に納める。心臓以外の内臓はシュテファン大聖堂というウィーン最大の教会の地下に納める。残りは「皇帝廟（こうていびょう）」とも呼ばれるカプツィーナ教会の地下に納めるんです。

※ハプスブルク家……中世から近代のヨーロッパで随一の権勢を誇った名門貴族。十三世紀から二十世紀にかけて、神聖ローマ帝国（現在のドイツやオーストリアなどに位置していた帝国）やスペイン帝国、オーストリア帝国、ハンガリー王国などの皇帝・国王の家系となった。

そうすると、王侯貴族は亡くなったときに誰かが解剖していることになりますよね。

それはいったい誰か？　調べたら、「これこれこういうふうな形で処置され、埋葬された」と受け身で書いてある。主語がないんです。つまり主語のない人たちが宮廷に付属していたわけです。

**伊集院**：でも、それって完全にプロフェッショナルじゃないですか。プロフェッショナルであることと、賤業扱いはどこで結びついてくるんでしょう？

**養老**：これは都市というものの根源に関わってくるんです。**都市は人間の意識で考えられたことに基づいてつくられた場所で、意識の中で自然は「扱えないもの」として排除するんです。**自然は排除される側にいる。だから、たとえば英語の文章でいうと、自然現象の「雨が降る」は"It rains."。主語はItなんです。

**伊集院**：要は「人じゃない」ってことですか。

**養老**：そう、人間や社会の外。日本語でいう「人間」は、中国語では今も「世間」という意味です。「人と人の間」だから。「じんかん」と音読みするのが正しい。そうすると、日本で「人間」というのはなぜか。世間にいる人だけが人だということですよ。中国語ならば、「猿」や「犬」と同じように「人」も漢字一つでいいんですよ。日本だけ「人間」と言う。「世間」という意味の中国語の言葉を「人」に当てている。これは言ってみれば、差別用語とも言えるんです。世間に属さない人は人ではない、ということだから。それが「非人（ひにん）」という表現です。人にあらず。

※非人……中世においては職能民の一部などを指す表現だったが、次第に被差別民を指す呼称となり、江戸時代には穢多とともに最下層に位置づけられた被差別民の一つとなった。牢獄や処刑場での雑役、遊芸などに従事した。

だから、遺体を扱う職業は世間には入らないという伝統があるんですよ。解剖学者もその系譜に入っているんです。

## ゴキブリが嫌われるのは「意味不明」だから

**伊集院**：都市に住む人は、死や自然を排除しようとする?

**養老**：都会に住む現代人は、感覚を通して世界を受け入れないからです。意味を持った情報を通して世界を理解するんですね。だから意味のないもの、分からないものを徹底して排除しようとするんですよ。自然に意味なんてないからね。都市の中の公園は、完全に意味を持った人工物です。

それは今の社会を見てりゃよく分かるよ。やっぱり自然を徹底的に毛嫌いしていますから。オフィス街に石ころも雑草も水たまりもないもんね。マンションにゴキブリが出てきたら、大の大人が血相を変えて排除する行動に出るでしょ。あんなにか弱い生き物が、なぜあんなにいじめられるのか(笑)。あの色、あの姿形、あの動き、意味不明だからですよ。

**伊集院**：都会の人たちが土から離れれば離れるほど「オレ様は人です」となったと考え

ると、都会の側が農業を嫌ったりともすれば見下したりする風潮もちょっと分かりますね。

**養老**：そうです。

**伊集院**：より自然に近いから。

**養老**：そもそも僕が育った間の日本を見てもよく分かるのは、第一次産業従事者が一九五五年の時点で四〇％以上いたのが、今は四％を切りました。一〇分の一以下ですよ。できることなら体を使って働きたくない、体を使って働くやつはバカ、そういうことでしょ。だから猫も杓子(しゃくし)も大学に行くようになった。それは世の中が都市化したということですよ。

**伊集院**：なるほど。

**養老**：「都市化」というのは「意識化」であって、意識の中に住めば住むほど高級だという考え方です。おもしろいのが、お釈迦さんが若いときの説話で、インドは当時すで

に都市をつくっていて、城壁で囲った中に住んでいたんです。東西南北四つの門があって、釈迦が太子のときに門外を散策している途中、最初に老人に会い、次に病人に会い、死人に会い、修行者に会って、世の無常を感じて出家するんです。

そこに見事に表れているのが、街の中に住んでいると、老人にも病人にも死人にも会えないということです。自然の人生は生老病死。生きて、老いて、病気になってやがて死ぬ。都会ではそれに会えないわけですよ。

**伊集院**：今都市には、いろいろなことが絡んでさらにバランスがおかしくなりつつあるものがいっぱいあると思うんです。

たとえば、スーパーやコンビニを無人管理にするという流れがあるじゃないですか。効率的になるかもしれないけど、でもそれによってお店で声を掛け合ったり無駄話をしたりするというけっこう大事な機能がなくなりますよね。

あるいは、そこまで体が悪くないおじいちゃん、おばあちゃんが病院に来るのを排除する動きがありますよね。あれは病院でコミュニケーションをとるという機能も果たしていたと思うんだけど、お年寄りを追い出して、かといって代わりに話ができるような場を用意するわけでもないでしょう。

**養老**：過去のシステムがよくできていればできているほど、そこから何かをなくすとバランスをとることが難しくなってしまいますね。

## 将棋でAIが勝ったら急にビビる、不思議ですよね

**養老**：要するに、人間はどんどん意識の世界に入っていくんですよ。

**伊集院**：それが進むと……。

**養老**：そのときに体がどう位置づけられるか。意識のおもしろいところは、意識がある

間は自分が指揮系統のトップに位置して、体は自分が命令して思うように動かしていると思っているところですよ。自分がいちばん偉いと思っている。

**伊集院**：それで思うのは、たとえば人間が走るより断然速い車が出てきても僕らはなんとも思わないのに、将棋でAI、人工知能が勝ったとなると、急にビビるでしょう。あれ、不思議ですよね。

**養老**：そう、まさしくそこなんですよ。

**伊集院**：「同じことでは?」って思うんです。ウサイン・ボルトより速い車ができたところで誰も文句を言わないし、「もうアスリートが要らなくなる」とも思いませんよね。だけど「将棋で初めてAIが棋士に勝ちました」となった途端、みんな急に騒ぎ出した。ヒステリックに怒る人いますね。

プロ野球選手より速い球を投げるピッチングマシンができると、「一人で練習ができるようになった」と歓迎しているのに、「AI棋士がいるといい練習相手になる」とはあまりならず「機械は人間の頭脳にだけは勝ってくれるな」と思っている。やっぱり人間は自分が知識を持っていることに対して特別だと思っているということですか。

**養老**：要するに、**人の意識は「主人公になる」んですよ。**意識がすべてを支配していると思っている。だから逆にいつも僕は聞くんですよ。「あなた、昨夜から今朝の間に八時間ぐらい意識なかったでしょう。その間、何をしていたんですか。何を考えていたんですか」と。寝ている間、何をしていると思います？

**伊集院**：その間、意識がないから……。

**養老**：完全に無意識でしょ。人生の三分の一は意識がないんですよ。赤ん坊なんて半分以上意識がない。大学で講義しているときの学生も意識がない（笑）。その間、何なの、人って。それでいて、みんな「眠ること」は「休むこと」と思っているんですよ。

**伊集院**：思ってますね。あれは別って感じで。

**養老**：僕が助手のときにいちばん驚いたのは、脳が使う酸素量です。酸素量を測れば使ったエネルギーが分かります。起きているときと寝ているときで、どのくらい使うエネルギーが違うか測れるんですね。当然、起きているときのほうがエネルギーを使うと思うでしょ。でも同じなんですよ。起きていても寝ていても、意識があってもなくても、脳はちゃんと働いているんですよ。

「じゃあ脳は何してるんだよ」という話になる。意識というのは「秩序活動」といって、完全に無秩序なことができないんですよ。ランダムなことができない。だからこそ今でもサイコロがあるんですよ。一から六までデタラメに目を出せといわれても、意識に任せるとできないんです。「さっき一を出したから今度は二だ」と必ず秩序的に働く。だから宝くじの当選番号もいまだにダーツで決めているでしょ。

**伊集院**：ああ、なるほど。

**養老**：脳は意識があるときは秩序のある活動をして、意識がないときは秩序的ではない活動をしているんです。意識が脳の活動をすべて支配しているわけではないんですよ。

そして、この秩序と無秩序は、完全に表裏一体の関係になっています。「熱力学の第二法則」で、宇宙はどこかに秩序が発生したときは、必ずどこか別なところで同量の無秩序が発生するんです。

※熱力学の第二法則……熱は高温から低温に移動し、その逆は起こらないという法

則。あるいは、孤立系（外部とエネルギーのやりとりをしない系）のエントロピー（乱雑さや無秩序さの度合を表す量）は必ず増大し、減少しないという法則。すなわち、一定の秩序が生まれた場合、その秩序はいずれ無秩序の状態に帰す。

そう言ってもなかなか納得してもらえないから、僕は「みなさん、部屋を掃除するでしょ」と説明することにしています。一週間何もしなければ、床の上にランダムにゴミが散らばります。汚いからそれを掃除機で吸い取る。すると、確かに部屋の秩序の度合が高くなる。だけどよく考えてください。そのランダムに散らばったゴミはどこに行きました？

掃除機の中をのぞくと、相変わらずランダムに散らばっているんですよ。掃除機がゴミで満杯になると、それをゴミ箱に捨てる。そのゴミを収集車が持って行って最終的には燃やすでしょう。燃やすと、秩序だって並んでいた分子がばらけて、$CO_2$と$H_2O$になって空気中に飛び出してランダムに動き出す。

**伊集院**：完全な無秩序になる。

**養老**：その無秩序で部屋がきれいになって秩序を取り戻した。「だから、あなたが部屋を掃除したら地球が温暖化して終わるんだよ」って（笑）。

**伊集院**：えらい壮大な話になりましたね（笑）。

## お笑いは基本「笑われる」ことを嫌うんです

**伊集院**：これ、おもしろいのは、人間には意識があって、意識的に何かを動かすことが秩序的だとすると、その逆に自然はもともと無秩序じゃないですか。これを世間の話につなげると、**自然を嫌がるということは、無秩序なものを嫌がる**ということですよね。自分たちがつくった秩序を乱すやつ、つまり空気の読めないやつ、世間は嫌なんですよ。そういう人を「天然」なんていいますけど、そうすると、人間が外に追い出そうという力学は、すごく分かりやすいですね。

僕らお笑いの人間もそうなんですよ。お客さんたちがどういう秩序の中にいるのか、見当をつけて、許容範囲のギリギリを行くのが、いちばんおもしろいところなんです。だけど、**お笑い芸人は基本的に「笑われる」ことを嫌います。**あくまで自分の秩序内で人の秩序にアプローチして、計算したもので笑わせたい。自分が笑ってほしいと思ったところで笑うことに対してはとても心地いい。だけど、そこから外れたところで起こる無秩序な笑いに対しては、気持ちが悪いと思ってしまう。

**養老**：笑いって、基本的に不気味ですよね。

**伊集院**：不気味です。たまにとんでもない天然がいる。後輩の狩野英孝（かのえいこう）君と話して愕然（がくぜん）としたことがあって、彼がつくった流行語に、大声で突然スタッフを呼ぶ「スタッフー！」というギャグがあるんです。彼は「これがなぜ世間でウケているか分からないけど、やったらウケたから何度もやっている」と言うんです。「それって怖くないかい？」と聞いたんですね。「それはもう二度と意識的にギャグをつくれない、自分が笑わせたいときに笑わせられないということだよ」と言うと、ポカンとしているんです。

そうすると、僕の中に恐怖が湧き上がって（笑）。ただ彼は結果的に「世間にウケた」という法則に従って、もう一回その言葉を発するわけだから一応彼の秩序の中にあるようです。けれども、僕のお笑い論からすると、それは秩序じゃないです。

僕はお笑いに関して理論派なんです。理論って秩序じゃないですか。僕の中でその秩序に対する安心があります。それを見失うのは恐怖です。

**養老**：話の構造からいうと、怪談と笑いってそっくりですよね。

**伊集院**：紙一重ですよね。怪談のつくり方も笑いのつくり方もほぼ一緒です。怪談は不安になるところまで秩序から遠ざかる感じ。笑いは安心できるギリギリの範囲で戻ってくる感じがします。

笑いは秩序のどこかに収まっていなきゃいけないような気がするんですけど、「これ、いつの間にか笑いの秩序から外れているな」と感じたときの恐怖、すごいですよ。

**養老**：そこはおもしろいですね。

**伊集院**：お笑いに世間との共通体験を言い合う「あるあるネタ」というジャンルがありますが「そうそう、小学生のころってそんなことしがちだよねえ」なんて一緒に笑い合っているときに、その「あるある」がはみ出る瞬間ってすごく気持ちが悪いんです。「子どものころって残酷だから、よく虫なんか殺したりしたよね」と二人で笑って話しているときに、相手が「そうそう、**猫とかさ**」と言ったとき、急に笑いが消える。あれだけ笑ってたのに逆に恐怖です。今までなんでこいつと一緒に笑い合っていたのかが急に分からなくなるから。

## 塀の上を歩くのが芸

**養老**：さっきの僕の話からいうと、**生きている人と死んでいる人、都市と自然、意識と無意識、秩序と無秩序、それが世間の内と外に対応するんです。**僕は内側から外れちゃった。外側から世間の内側を見ているわけです。

**伊集院**：僕はたぶん、内側にいようとしているんです。芸能人なんかみんなそうでしょうね。世間の内側にいて、ちょっと変わってるくらいに見られたい。

**養老**：ギリギリ内側から見ているんですよ。

**伊集院**：そうですね。ギリギリから外を見ながら、中心部に見えたことを伝えると、内側で大事にされるというのがこの商売だから、世間の外側にいるわけじゃないですね。

**養老**：塀の上がいちばんなんですよ。塀の上を歩くのが芸。

**伊集院**：「塀の上を歩くのが芸」。すごく的を射てる！　ただ、目をつぶって塀の上を歩けちゃうやつがいて（笑）。いつもビクビクしてるこっちからするとうらやましいやら恐ろしいやらで（笑）。僕からしたら「あいつ外に落ちてないか？」って思ってるのに、すごく人気があったりして混乱します。逆に自分が塀の内だと思って言ったことで、炎上して外に追い出されそうになったり……。

**養老**：塀の位置は、ずらせるからね。

**伊集院**：こわいこと言わないでくださいよ。ただ僕は塀の上でも、やっぱり塀よりも内側に近い、比較的安全なところしか歩いていないつもりです。だって理論派ですから（笑）。よほどの風が吹かない限り落ちないと思ってます。でも、僕はいつも後輩たちに「どっちがいいか分からないよ」と言うんです。「おれは理屈があるから、ある程度生き延びてきたかも知れない、けど大爆笑をとることができない。理屈抜きでギリギリを走れるやつはスターになれる。ただ突然向こう側に落ちて死ぬこともある」と。

## 「空気を読んでるやつはダメ」という空気の中にいます

**伊集院**：お笑いなんか常識という世間の外にいたほうがいいという人もいます。現に昔のお笑いはそうだったんでしょう。その代わり「尊敬する人ランキング」にも絶対に入らない。差別的な扱いも受ける。

でも僕らの少年時代あたりから「尊敬する人」にも「上司になってほしい人」にもビートたけしさんあたりが入ってきて……。こうなると、お笑いはもう世間の外ではないと思っています。「外」に見せているけれども実はギリギリ「内」。世間が「空気を読まない芸人がおもしろい」という空気なら、その空気を読んで空気を読まない芸人のふりをする、という。

世間から「あいつはバカだ」「お笑いになるなんて」と笑われていたときのお笑いは、おそらく不倫をしても、素っ裸で外を歩いても、反社会的勢力と交際しても今ほど問題にならなかったと思います。つまり世間の外だったんです。

でも今のお笑いはそうじゃないですもんね。「笑われているんじゃない、自分がコントロールして笑わせているんだ」ということへの敬意がほしい。それを世間に分かってほしい以上は、どうやっても外の人にはなれませんよね。

メリットとデメリットの両方があって、「バカにされる」という世間の外にいるデメリットを受けるなら、「不倫を許される」というメリット？も受けられる。でもそこで

「おれはデメリットのほうは嫌だ」となれば、世間のルールに従わざるを得ないでしょう。大事にされたいくせにルールには従わない、というのはやっぱり無理でしょう。「秩序の外です」なんて、そんな都合のいい話はないだろう、という話です。

**養老**：僕が今までまじめに書いたり話したりしてきたのは、世間の内と外の間にある壁についてなんですね。その壁については、普段あまり意識されないので。だって普通の人は九割以上、まともな社会で安心して暮らしているわけだから。まさか僕のように死んだ人の側から自分の住んでいる社会を見ようと思わないでしょう。

**伊集院**：僕らにとっては、そういう人が貴重なんです。

## コンビニでタバコを買おうとするとき

**伊集院**：内と外の話ですが、今の世の中はちょっと極端になっていると思うんです。ガチガチに縛りつける世間と、はみ出て孤立している人間がいて、その中間点を許しません。壁が高いというか、内の人はそこをはっきり分けようとするし分けられると思ってる。

それは僕が一ずつ足していったら一〇〇ができると思い込んでいて、できないと分かってショックを受けたのと同じで、世の中がちゃんと理屈やシステムで動けると思い込んでいる。でもそんなもの無理がありますよね。そこに軋轢が生じたり、混乱が起きたりしてます。

若手芸人が「Uber Eats（ウーバーイーツ）」でバイトを始めたんですよ。食べ物屋さんから注文先に自転車で出前するだけのバイト。一件運んで幾らなんで誰でも暇な時間にできて人気なんです。ある日Uber Eats側からの依頼でお店に行くと、お店のバイトが味噌汁付きのランチを梱包しているんだけど、これが今にもこぼれそう。運ぶところからがこっちの仕事だから「こぼれそうだけど大丈夫?」と言うと、「店のマニュアルでランチはこう包めと言われている」、と。

で、そのまま行くと、案の定こぼれて、お客が文句を言う。けれどこっちは「自分の役目は店からここまで運ぶことだけだ」と説明することになっている。「通販で買ったモノが不良品だったときに宅配便の人を怒りますか」と言うらしい。そうすると、客はぐうの音も出ない。後で店に文句を言うも「弁償はします。あなたが入会時に同意したUber Eatsとの契約でそうなってる」と。理屈では成立しているんですよ。理屈は正しいし、きちんとしたルールではあるけど、この怒りをどうするのか。

※Uber Eats……スマートフォンなどでアプリを用いて、提携店に出前を注文できるサービス。二〇一四年にアメリカで登場し、日本では二〇一六年にサービスが始まった。

昭和の時代は、出前が遅れると、出前持ちが怒られたり、店主の電話口での言い訳がうまかったり、近所付き合いもあって曖昧になったり、よくも悪くも怒りが分散していたのではないかと。Uber Eatsの配達員が怒られないことは、良いことなんだろうけど、溜まりに溜まったこの手のひずみが爆発するのが「明らかに間違っているやつ」が出たときで「怒って当然」のときの怒りの爆発の仕方が半端じゃなくなる。世間が「こいつは世間の敵です」と決めたときの炎上の仕方ってすごいじゃないですか。「仕方ないな」と自然に諦めていたり、受け止めたりするガス抜きをするところが一切ないから。

**養老**：むしろ僕が育ったころは、そういうルールがいちばん壊れた時代ですからね。ルールはあっても、どうしようもない。モノはないし、大人はみんな食べ物を探すので精一杯だったから。

**伊集院**：僕はそのあとの時代でもう少し整ってますが、ラーメンの出前が遅れたとき、その店の主人はクラスメイトの親父だったりするわけですよ。チェーン店じゃないから、出前持ちもその身内。そうすると、「ガキ大将の親父をへたに怒ると、おれが息子に殴られる」となって、いい塩梅(あんばい)のところで収めるしかない。

そんな世間のがんじがらめがストレスを生むわけだけど、そのストレスをある程度分散させていたのも世間だったと思うんです。アナログの世界の不都合を解決できると思ったデジタルな世界が今からどうなっていくのか、僕は見極めたいですね。

**養老**：コンビニでタバコを買おうとするとき、本当にうるさいんだよ。**レジで「年齢は二十歳以上ですか？」という年齢確認ボタンに「はい」と押さなきゃいけない。**八十なんだから、どう見たって間違えないよ（笑）。あれは単なるいじめでしょ。

**伊集院**：「はい」を押さなきゃ売らないのか、ということですよね。もっと言えば、養老先生が「はい」を押さないと、「すみません。子どもには売れません」ということになるんですね（笑）。

みんなまじめというか、「〇か一〇〇か」なんでしょうね。僕もこの〇、一〇〇が自分を生きやすくしてくれるという憧れがずっとありました。なんだかよく分からない基準ではじかれたり嫌なことをされたりするぐらいなら、ルールをちゃんと言ってくれれば、それに従うか従わないかを自分で決める、と思っていましたから。

でもどうやらそれは無理っぽい。そんなすべてのケースに当てはまってストレスを起こさないような精巧なルールはないということが、この歳になって分かってきました。

## 僕がやっとフィットした価値観が崩れていきます

**伊集院**：一方で、今の時代ってルールや決まりどころか、世間の価値観そのものが崩れているど思うんですよ。

僕は学歴社会から外れたことにずっとコンプレックスを持ち続けてきたんです。「自分の道を選んだからいいんだ」なんて自分に言い聞かせても、高校中退が自分のウィークポイントになるんじゃないか、あわよくばこれを取り返したい、と大検を受けたりとか、バカにされないようにちゃんと本を読もうと思ったりとか。なんとか修正して「これだったら大丈夫なはず」というところで生き続けてきました。最終的に五十二年がかりでどうにかズレを修正してきましたけど、他人の価値観におびえるということがすごくありましたね。

**養老**：多分そうでしょう、若い人はそうだと思う。

**伊集院**：けれども今は、おびえながらもやっとフィットしてきた世間の価値観自体が真逆になっているようで戸惑っています。特にここ最近、終戦ほどではないけれども社会の価値観が激変したと思うんです。

「わがままを言わない」とか「他人に迷惑はかけない」とか「苦労したら報われる」とか「我慢した分幸せになれる」みたいな価値観がずっとありましたよね。つまりこれまで美徳とされてきたことが思いっきり変わり始めたように思うんです。

僕がコンプレックスを感じながらも、それでもずっとどこかで信じてきた価値観のはしごが外れるというのは、初めての経験なんですよ。それでも僕にまだ耐性があったのは、その価値観から早々とドロップアウトしちゃったからなんです。

**僕よりもきついのは、我慢して我慢して、ちゃんと積み上げてきた人たちだと思う。**自分も本当はお笑いをしたかったんだけど、長男だし家族を支えなきゃいけないからと勉強して堅い就職先だった証券会社に入った友達がいるんです。リストラされた彼と酒を飲んだら「まさかおれが今、職にあぶれていて、おまえがいい暮らしをしているとは夢にも思わなかったよ」と言うんです。

彼が安定した暮らしをしていて、僕が「アリとキリギリス」のキリギリスになっているなら分かります。彼も僕もいい暮らしをしているパターンもあっていい。だけど、まさか安定を選んだ彼のほうが生活を保障されなくなるなんて誰も思っていなかった。その感じがここに来て、社会を直撃している。今後はみんなきっと戸惑っていくんだと思います。

**養老**：よく分かりますよ。終戦ってまさにそうだったんだよ。

## なぜ歳をとると個性を主張しないようになるんですか？

**伊集院**：僕が、世の中の価値観に沿って努力して学歴を積んできた人だったら、多分耐えられていないと思うんですよ。僕がある程度救われているのは、そこでの競争に負けた、その戦いに負けたにもかかわらず、ラッキー続きで芸能という世界に救われた立場だから。

「とにかく頑張れ」と言われて、我慢して頑張った人は相当きついはずですよ。だから、通り魔殺人なんかを起こす人は、もしかしたらそっち側の人じゃないかと思ったりもするんです。不良とか愚連隊みたいに、人に迷惑をかける王道を歩いた人間じゃなく。「こんなはずじゃなかった」「おれの人生なんなの？」という人がショックに耐えられず、突発的に暴発しちゃう。

**養老**：東大にいたとき、同僚の教授が「東大は我慢会だからなぁ」と言ってました。我慢して最後まで勤める人もいるし、僕みたいに「もう勘弁してよ」と定年前に降りちゃう人もいる。

日本航空に勤めていたサラリーマン作家の深田祐介が、社長になるのはどういう人か、というエッセーを書いていました。実は社長候補はどんどん下りていくというんですね。ボク、やめた、というわけ。残った最後の人が社長になる。鈍いのか、他に選択肢がないのか、いろいろあるでしょうけどね。

**伊集院**：終戦のときも、おそらく戦時という価値観の中で頑張って出世した人ほどきつかったと思うんですよ。自分を支えてきた価値観がいきなりなくなったわけですから。苦しくても軍で頑張った人たちが、「最終的に神風が吹いて日本が勝つ。そうしたら自分たちの時代が来る」と信じて耐え抜いて、結局来なかったときのショックは大きいでしょうね。

先生の世代は子ども時代に戦争が終わったじゃないですか。それでもショックは大きいと思うけれど、まだそこからの人生があったと思うんです。あのとき五十代だった人は、どう思ったんでしょうね。今、五十代で価値観の大転換に直面している僕は呆然とすることが多いです。

Amazonの創始者が、「とにかく、理屈はいいから、俺は注文したものが明日手元に届いてほしいんだ！　どうにかしろ！」って言ったから、あの巨大なシステムができ上がったと。

それって僕たちが受けた教育では、やっちゃダメなことですよね。自分のできないことを人に言っちゃダメだし、わがまま言って人を困らせちゃダメでしょう。でもホリエモンに言わせると「人に嫌われてなんぼ」「空気を読めちゃダメ」となる。現にそういう人がどんどんお金と力を持っていく。

彼らの「空気を読むような人間はうまくいかない」という話はなんとか理解できるんだけど、僕らはやっぱり「いい人間」と言えば、他人のことを気遣える人であり、他人と協調できる人だと思ってやってきたわけです。そのラインからはズレないようにしてきちゃったわけです。

先生は、空気を読んだほうがいいか、読まないほうがいいか、どう思われます？

**養老**：それこそ人により、時と場合によるでしょうね。そう考えること自体が根本的に「空気を読む」ことでしょ。だから本を書いたりするんですよ。世間を読む。

**伊集院**：なるほど。そういう意味では先生も空気を読んでいるわけですね。少し心強いです。

こんな僕でも信じていることがあって、人間はそもそも群れで生きる動物なんだ、ということです。群れないと生きていけないメカニズムになっているということなんです。

究極的には、群れのシステムは人に対して優しくなるのか、あるいはとりあえず身内というグループだけを殺さないようになるのか。行き着く先は分からないけれど、それが世間の正体なんじゃないかな、と思っています。

だから僕は世間を「悪いもの」だとは思ってなくて、**「群れで暮らす以上、それがないとどうしようもないよね」**と思います。だから、無秩序が「正しい」と本気で言う人間は敬遠してしまいます。

**養老**：結局、自分たちの仲間と一緒になるんですよ。移民なんか典型でしょ。アメリカはそれがもう明らかで、イタリア人はイタリア人、ユダヤ人はユダヤ人、黒人は黒人で集まってしまった。

別にお互い差別しているわけでも何でもなくて、いろいろな人が混ざっている社会では、どうしても似たような仲間が集まってしまう。これは暗黙の了解になっています。英語のことわざにもあるでしょ。"Birds of a feather flock together"、「同じ羽の鳥は群れをなす」。つまり「類は友を呼ぶ」。

**伊集院**：そこに一羽だけ違う鳥がいると、群れとして相当なストレスを抱えるんでしょうね。あと、若さの問題もあるかなと思います。若いころは周りと一緒にされるのはすごく嫌じゃないですか。「おれはおれだ。個性を認めろ」とか言うんだけど、歳をとると「俺たちの世代はさぁ」と言いだす（笑）。あの感じ。個人の限界を知って群れを意識するしかないと思うのかも。

**養老**：それは動物的には当然で、若いうちは自分のテリトリーを作ろうとするから社会的認知が必要なんですよ。ある程度認知されるようになると、今度は逆に周りと協同するようになるでしょ。誰と仲良くしたら具合がいいかを考えるようになるんです。

**伊集院**：なるほど、若いときは自分を認知してもらうのが大切だけど、そのうち自分の限界も分かって、さらに老化も始まるから、ちゃんとコミュニティをつくっていくことが必要になる、と。

途中から「あれ、同じ中学?」「あ、同郷じゃない?」「同世代だよね?」となっていく。より広いものとも同化しようとしていく感じって僕が歳をとってきてある程度は分かってきたんですけど、若者からは多分うざいと思われるんでしょうね。

**養老**：今でも年寄りが圧倒的多数で、十代なんていわば群れからのはぐれ者ですよ。はぐれて戻ってくれるのがいちばんいいんだけど、なかなか戻れなくなっちゃう人もいるのが厄介です。群れから外れた人間は、別の群れに入ればいいですよね。

**伊集院**：別の群れ?

**養老**：サルが典型的です。「離れザル」と言って、ニホンザルだと群れから出た若いオスが単独で行動して、次の群れに入るんですよね。チンパンジーだと逆でメスが別の群れに入っていくんですよ。だからメスが嫁入りする恰好になるし。オスの場合は婿入りになりますよ。そうやって遺伝子を混合していくんです。

## 世間には不必要な人間が必要ですよね

**伊集院**：会社を辞めて次の会社に入るのが困難なように、一回コースを脱落すると、帰るところがなくなって絶望的になっていくじゃないですか。「群れからはぐれた者が入る次の群れ」は、一つのキーワードですね。

**養老**：それぞれ見つけてるんでしょうけどね。それでも例外というか、相当極端な人は出てしまいますから。社会がそういうものを許容しなくなってるでしょ。やくざだってそうですよね。徹底的に排除して生きようがなくなっちゃうでしょ。

**伊集院**：そうですね。「こいつは群れにいても安全だ」とされると大事にされる。もっと言えば「群れにとって有益だ」となればもっと大事にされ「群れを引っ張っていく存在」は非常に大事にされる。でもこれも、「こいつに独り占めにされるんじゃないか」と思った途端、敵と見なされて排除される。

排除しようとする対象は、その群れが長く生きるために、不必要なぐらい強くなったやつや、不必要なぐらい弱いやつ。その「不必要なやつ」が本当に不必要なのかをつき詰めて考えないといけないという問題もあります……。たとえば落語の与太郎って生産性は低いけど、なぜかいつも仲間の中にいるんですよね。

「錦の袈裟（けさ）」という噺（はなし）の中で、街のみんなで吉原に飲みに行くのに、与太郎を連れて行くかどうか迷うんですよ。金もないし馬鹿だから（笑）迷うんだけど中の一人が「あいつがいると場が持つんだよ」と言って連れて行くことにする。「場が持つ」ってよく分からないけど、本当は必要なんですよね与太郎。

**養老**：昔はどんな共同体にもそういう人が必ずいましたね。

**伊集院**：で、そのことに気づくと、うまくいくことがあるんじゃないかと思っているんです。必要不必要を見極めようとすると、直接的な効果や効率化だけを基準にあいついらない、こいついらないってなるんだけど、もっとよく考えてみると、回り回って一見不必要と思って排除しがちだったけど、実はそうともいえないものは残さないといけないと気づくのではないかと。

僕はそれを世間に対して望むから、空気を読むこともあまり悪いことだと思っていないんです。自分が苦手なことに関しては嫌に思うことはあっても、こっちがある程度合わせていくとか、僕の得意なことをできない人に対してもそう、補っていかなきゃなと思うんですね。これがズレの修正とズレの許容だと思う。

結果**「他人に優しくなるほうが得」**ということになるんじゃないかな。損得だけで考える人が究極の損得を考えるときに、実は僕たちが優しさとか愛情とかに似たものに近づく、というか近づいてくれと思っています。

## 第四章

# たまに世間から抜け出す方法

## 思いつめてしまったら猫を見てください

**養老**：今まで話してきて、伊集院さんはかなりの理論派だなと思う。よくもここまで理屈で整理するなって思いますよ。聞いていて、本当によく理論武装したなと思います。

**伊集院**：たぶん理論武装しないと怖かったんだと思います。「体がでかい」ということで自然に世間からはみ出ていて、集団からの疎外感とか、校内暴力の嵐の中で「次はおれの番なんじゃないか」と思う恐怖感。あれがでかかったと思います。

それを空気を読むことでなんとかやり過ごすと同時に、それでもはみ出るところを今度は理屈探しをしていったんです。正しかったかどうかは分かりません。これをやらなかったらどうなっていたのかなんて、考えたところで始まらない。

理屈で整理してればうっかりはみ出て排除されることはない。逆に自然にしていて排除されない存在でいる自信がないのだろうと思います。

**養老**：大丈夫です。どうせ死ぬんだからさ。

**伊集院**：そうなんですよね！　元気出る言葉です（笑）。それが年齢がいくに従って、どんどん度胸が据わっていく理由でしょうね。まだまだ世間への執着があるけれど、どのみちいつかは世間から離れることになるわけですからね。

**養老**：昔から芭蕉（ばしょう）にしても西行（さいぎょう）にしても、世間を離れているじゃないですか。日本の文化人はだいたいそうですよ。

※松尾芭蕉……江戸時代前期の俳人。伊賀（現在の三重県）出身。京都で俳諧を学び、その後江戸・深川に居住。「野ざらし紀行」「笈（おい）の小文」「奥の細道」などの紀行を行い、「閑（しずか）さや　岩にしみいる　蟬の声」など多くの名句、俳句を残した。

※西行……平安時代後期の歌人・僧。俗名は佐藤義清（のりきよ）。「北面の武士」という武力組織に属して鳥羽上皇に仕えるが、二十三歳のときに出家。諸国を旅した。代表作に、百人一首に選ばれた「嘆けとて月やは物を思はする　かこち顔なるわが涙かな」など。

**伊集院**：どうせ向こうに行く、どうやったって理屈や世間の外には出ますよ、ということですか。

**養老**：たかが知れてるんですよ。第一は思い詰めないことです。思い詰めるって頭で考えるからですね。

　猫を見てくださいよ。その辺にひっくり返ってゴロンと寝てるでしょ。「何だよ、こいつ」となごんじゃう。あれでみんな猫を飼ってるんだと思いますよ。人間の世界はつい「ああしなきゃ、こうしなきゃ」となるけど、猫の顔を見てると**「本当にそうなのかな。あれでも十分に生きてるよなぁ」**

となって、思い詰めているのが溶けちゃいます。

**伊集院**：犬なら教えこめば「お手」をしてくれるけど、猫は「お手」をしない。だから教えもしない、もう最初からあきらめていますもんね。あいつは自分の都合で生きているから、と。犬は人間界の縦軸の中に組み込まれているけど、猫にはそれがないですよね。となると逆に犬がお手をしてくれることより、猫がきまぐれでこっちを向いてくれることに何倍も癒されるという（笑）。

## 一度外れてしまうのもありですよね

**伊集院**：その意味で、僕が学歴社会から外れたときに落語に行った理由はすごく分かるんです。落語って、基本的にダメな人の話ですから。どうしようもない与太郎みたいなのが生きていてもいい、という話なんです。「おまえ、ダメだな」と笑い飛ばす価値観の落語のほうに僕が惹かれたのが今ではよく理解できます。

「はやりの漫才とは違って古典芸能の落語というものの魅力が」なんて理論武装していた時期もありますけど（笑）。落語の世界が、普段生きている現実とは全然違う秩序で成り立っているという魅力。落語家自体も、借金していたり女遊びばかりしている人間がかっこいいと言われたり。そういう人間を許してくれるところがある。この世界が何百年もあるってことは、世間もそういう物や人を必要だと思ったってことですよね。

**養老**：落語は江戸時代に日本の社会がけっこう平和で固まってきたときからあるわけだから、その社会にどうしても作り付けで必要なものだったんでしょう。芝居なんかもそうですよ。

**伊集院**：僕は高校時代に寄席に通ったんです。自分がいた所から離れて真逆のところに行ってみると、逆にリラックスした気持ちというか、俯瞰して好意的に学校を見ることができるようになりましたね。

正しかったかな、と思うのは、親のアドバイスで高校を休学をしたまま落語の世界に入ったことです。落語が楽しかったから、結局、学校のほうは辞めてしまうんですけど、別の世間があるなら、もともといた世間に戻る必要はないし、戻ったときにはまた違う景色に見えると思うんですよ。

**養老**：僕らが学生のころは、結核になると一年休むんですよね。無理やり休まされたやつがずいぶんいましたよ。でも一年休んで学校に帰ってくると、ずいぶん変わるんです。

**伊集院**：勉強したいと思ったり。

**養老**：あるいは学校に行きたいと思う。

**伊集院**：おれはこんなに勉強したかったんだ、学校に行きたかったんだ、と。

**養老**：大人になりますね。

**伊集院**：先日、フィギュアスケートのコーチと話をして、スケートで跳ぶ高さや回転の速さは練習することで鍛えられるけれど、表現力を鍛えるにはどうすればいいか、という話になったんです。高く跳ぶための筋肉の鍛え方は教えられるんだけど、表現力は教えづらいそうです。表現力を上げるために、ある人は「恋をすればいい」と言い、ある人は「バレエを習えばいい」と言う。

素質はすごくあるんだけど伸び悩んでいた女性選手がいて、けがでスケートができなくなってしまったんです。そのときに「スケートをやれないこの苦痛は何だ」「どうやら私はフィギュアを愛している」ということに気づいて、けがから復帰してきたら、一気に表現力が上がっていたそうです。

**養老**：あるでしょうね。

**伊集院**：一度、今とは真逆のところに行ったり、できたことができなくなったりするのは大切かもしれませんね。強制的に外されない場所を見つけるためでもあり、戻ってくるためにいったん外れるということでもあるだろうし悪いことじゃない。もっと言えば**「痛ければ外れろ」**。このままでは耐えられないくらいの痛さだったら、一度外れたほうがいいのかも。

外れたままでもいいし、外れたところが違うと思ったのなら戻ってきてもいい。そして、戻ってくるときには何か以前とは違うものが見えたり、得られたりしているかもしれません。一度外れることを勧めるのはそういう意味です。

自主的に外れることを選ばずに、恐怖のまま群れから徐々にはじかれていくのは、より恐ろしいことにつながるかもしれません。ある日突然気がつくと次の世界が見えなくなる場所まで外れてしまっていた。こうなると、心も病んでいくでしょうし。

## 今のお笑いは専門学校に行く。大変ですよ

**伊集院**：僕は学歴という秩序から離れて、落語というすごく時代遅れの世界に行ったんですが、今思えばいいタイミングでした。若くして入っているから全部がすごくおもしろく見えたし、楽しかったですね。

落語ってお笑いの中で、師弟制度があるの最後の世界かもしれません。同世代でいわゆるかばん持ちみたいなことを経験しているお笑いはあまりいませんね。

今のお笑いが大変なのは、お笑いの専門学校に行ってから、お笑いの名門事務所に入って、コンテストで点数を取るという極めて学歴社会に近いアプローチを強いられていることだと思います。僕は学校のみんな横並びの授業が嫌だったのに、専門学校では授業をやります。多分僕にはできなかったと思います。

この間も後輩たちが話していたのが、「賞レースで勝ち上がりやすいネタの構成はこうです」という話なんです。「どうしたらお客さんにウケるのか」でもなければ、「自分が好きなネタ」でもない。

**養老**：試験の「傾向と対策」みたいなもんだ。

**伊集院**：それから、売れるためには、まだ誰も手を付けていないジャンルを見つけて、徹底的に勉強して特化するっていうアプローチもよく見受けられます。僕は、これも無理そうです。**好きでもないことをそんなにやれるなら、もっとほかの道に行けただろ？**みたいな（笑）。今お笑いになることが学歴社会からのドロップアウトの受け皿になるのかどうか、分からないですね。

**養老**：お笑いの環境もずいぶん変わっているわけですね。

**伊集院**：すごいですよ。お客さんが笑ってさえくれれば、あとはどんなに外れてもいい、全部はそのためのものだったと思うんですけど、そういうことじゃない。お笑いの学校でトップを取らないとダメ、コンテストでトップを取らないとダメ。そこでトップエリートになるための、世間一般と同じ生存競争がある。学歴を積んで会社に入り、実績をあげて上司に認められ、いい成績を取るとサラリーが増えるという分かりやすい構図ですから。おまけに世間の常識と大きくズレると炎上、廃業ですから。

## 一人で山を歩くと、悩んでいる暇もない

**伊集院**：いったん自分がいる場所から外れるという意味では、先生がよくおっしゃっているように、田舎に行って自然に親しむというのも選択肢として大切ですね。

**養老**：そう思うよ。田舎で田んぼや畑を耕して作物を育てていたら、いじめたり落ち込んだりする、そんな暇ないんですよ。疲れちゃうから。

**伊集院**：**肉体を使って疲れることが重要。**

**養老**：大事なんですよ。あるいは一人で山を歩くでしょ。悩んでいる暇ないものね。

**伊集院**：僕はこの歳になって、こんなに歩くのがおもしろくなるとは思わなかったです

よ。昔は歩かなきゃ歩かないほどいいと思っていたから、こんな体になったんですけど(笑)。今は歩くのがとにかくおもしろい。

**養老**：おもしろいだけじゃなくて、僕なんか気持ちいいですよ。さっきから椅子に座っているから、もうお尻が痛くて。人間は本来、座る格好で生きていないんです。つまり床に立っているか、歩いているかでしょう。座る格好がいちばん中途半端で、大腰筋(だいようきん)、腸腰筋(ちょうようきん)というお腹の裏にある筋肉が弛(ゆる)んだまんま。だから畳の上で腹ばいになって本を読んで起き上がろうとすると、ものすごく腰が痛い。今までずっと弛んでいた筋肉が急に伸びるから。

**伊集院**：椅子に座るようなスタイルで暮らすことに慣れちゃうと、体がそういう形になっていくじゃないですか。関節が動かなくなっていきますね。これって「モノに従う」ということですよね？

　道具は人間の機能に合わせて作るべきなのに、そうじゃない椅子にずっと座るということの気持ち悪さ。それで「あれ？　歩いているほうが気持ちいいな」ということに、

やっと気づいた。

**養老**：人間全体の八割が、一生に一度は腰痛になるらしいですから。立ったり歩いたりが普通なんです。

**伊集院**：ラジオでもずっと座ってしゃべっているとヘトヘトになるんですが、これがなかなか回復しない。その原因は脳だけがヘトヘトで、体の疲れとのバランスが取れていないことが大きいんじゃないかと。これが、深夜放送のあと、六キロ歩いて家に帰るとすごくよくて……。

**養老**：それ、すごくよく分かる。僕は講演が好きなんですよ。立ってやります。しかも止まっていない。歩いてやる。これがえらくいい健康法になっています。新幹線や飛行機の中でも僕はグルグル歩いている。

**伊集院**：分かります！

## 「記号ではない自分」を急に見つける感じ

**養老**：もう一つ、田舎とか山の中とか、**人のいないところで人に会ったらうれしいものね。**都会だと、人がいすぎてうるさいでしょ。「人間はもういらない、いい加減にしろよ」となるけど、山は逆です。田舎の山の中に入ったら本当に人がいませんよ。もちろん日本百名山とか屋久島なんか行ったら登山道がいっぱいあって、富士山なんか順番待ちみたいになっちゃうけど。

そうじゃなくて、何にもない田舎に行くんです。僕は人口がまだ八〇〇〇万人だったころのオーストラリアに留学していたけど、オーストラリアの人たちはものすごく人が良かった。だって人が滅多にいないんだから、人に会ったらうれしいんですよ。

**伊集院**：人がいっぱいいる環境から離れること。

**養老**：それ、大事ですよ。

**伊集院**：確かに僕が離島を旅したりしていると、みんな本当に優しいですからね。僕程度の知名度じゃ、田舎のお年寄りには単なる大きなおっさんでしかないんですけど、誰だか分からない僕に優しくしてくれる感じは、とても気持ちのいいものですね。「記号としての自分」じゃないものを急に見つける感じです。

**養老**：離島や田舎は人が来るのうれしいんだから。人に会いたいんですよ。十年ぐらい前に連休のど真ん中に、紀伊半島の山中を車で走っていたんです。そしたら畑にいたおばさんが手を振ってくれたものね。

**伊集院**：この理屈はおもしろいですね。なかなか会わないから、人間というだけで大事にしないといけない、けんかしている場合じゃない、という。

**養老**：連休に観光地になんか行ったら車で動けないでしょ。渋谷のスクランブルなんか見ていると、もう人はいらない、と言いたくなる。

**伊集院**：やっぱり都会の人数は問題なんですね。

**養老**：人口密度のプレッシャーはけっこう高いですよ。

**伊集院**：確かに人の密度の適正さってありますね。暴走車が一度に何人も轢いてしまう事件が起こるのは、密度が高いということですもんね。

**養老**：田舎だと一度に十何人も轢くほうが難しいよ。

**伊集院**：じゃあ、人口減少がもしかしたら逆に救済になる部分もあるかもしれませんね。日本の人口減少傾向って、もしかしたら本能的にそういう方向に向かっているんでしょうか。いろいろ調整できれば少子化は必ずしも悪い面ばかりじゃないと。

**養老**：そうですよ。今は人が多すぎるんですよ。だって日本は人口が歴史上最も多くなって一億二〇〇〇万人を超えているでしょ。今の三分の二くらいの人口でいいんじゃないですかね。人間がある程度のエネルギーレベルの暮らしをすると地球がもたなくなるから、適当にしておいたほうがいいんじゃないかな。持続可能性というのはそういうことです。ただ、減らしていく過程がいちばん難しいんですよ。

**伊集院**：急激に減っちゃうと……。

**養老**：今まで増える一方だったから、人口を減らすということをやったことない。うっかり減らすと、それこそ外国人が急激に入ってきて、減らしたことになりませんからね。

## 都会と田舎、軸を二つつくったほうがいい

**伊集院**：さっきの「今いるところから外れて真逆のところに行く。外れたところが違うと思ったら戻る。戻るときには以前とは違うものが見える」というのは、都会と田舎の関係にそのまま当てはまりますね。

**養老**：そうですよ。都会に住んでいる人は、少なくとも年に二、三カ月くらいは田舎に滞在するといいですね。僕は「現代の参勤交代」と表現していますけど。田舎で農業をしたり虫捕りや釣りをしたりして過ごすんです。もちろん、歩き続けてもいい。東京一極集中対策になるし、首都直下型の地震が起きたときのセーフティネットにもなりますよ。

**伊集院**：都会から離れて田舎で暮らしたりすると、都会のストレスを田舎で発散し、田舎のストレスを都会で発散したりできるんでしょうね。

**養老**：都会に戻ったら仕事がはかどったり、うつ病やストーカー被害も減るかもしれません。だから田舎に実家がある人は幸せですよ。僕が若いときは、学校の先生もそう

だったけど、「仕事がうまくいかなかったら、田舎に帰って百姓やります」ってごく普通に言ってたからね。**都会と田舎、二つの軸があったんです。**

**伊集院**：そう考えると、東京のサラリーマン家庭に生まれた一人息子なんて立場は、完全な一軸なんでしょうね。学歴とか就職とかが支えてくれる一本の軸から外れたときの絶望感、すがるところのなさはすごく切実なんだと思います。

僕らが一軸から外れたときは、その軸に戻ることとの大変さのほうを味わうと思うんですね。学校なら猛勉強するとか、会社なら再就職活動をするとか。あるいは組織という群れで仲間外れになったりしたら、どうやって謝ったら許してもらえるかとか、どうやってご機嫌とるか、といったことになってくるでしょう。苦しい思いをして苦しい場所に戻るという。

でも二軸の発想だと、一軸から外れたとき、つまり群れからはぐれたとき、その群れに戻るんじゃなくて、もう一方の軸でやり過ごすとか、次の群れを探しに行くことが大事になってくるわけですよね。

**養老**：僕の経験だと、大学の中の研究所というところは、やっぱり変わった人が多いんですよ。普通の人間関係でいうと、問題を抱えている人が多い。

やがて「あいつはみんなに迷惑をかけて邪魔だから出せ」ということになるんだけど、考えてみると、出したら出したで行った先が迷惑することになる。そうすると、日本の社会はいわゆる「飼い殺し」というかたちを取るんですよ。

**伊集院**：今までの話の流れからいうと、これまたすごい話ですね。会社に閉じ込めておくみたいな。でも無理やり飛び出しても、受け入れ先もなく家に閉じこもるしかない。

**養老**：今みたいに家族をつくらない傾向って、結局、社会に相当大きな負担がかかってくるんですよ。本来は常にいちばん小さな集団である家族に戻るんです。それがもう核家族になっているでしょ。核家族だと許容量が小さい。昔のように家族が大勢いれば、仕事をしていない叔父さんとかが必ずいて、バッファーになったんですけどね。

**伊集院**：ひきこもりとして家族に負担をかけるか、会社でストレスを溜め続けるか、どちらもできずさまようか。本当は、その時代その時代にあるべきだと思うんですよ。世間のど真ん中の価値観とは関係のない基準でゆっくり動いているところ、中心軸から外れたもう一つの軸があるべきです。そこに行ってみて、そこで暮らす才能があれば生かせばいいし、才能がなかったとしても、元の秩序に対する見方は変わっている気がします。

**養老**：いったん、その秩序から外れるとね。

**伊集院**：自分は学校が嫌で嫌でそこから外れたんだけど、勉強が義務じゃなくなった今、Eテレに出ているのが楽しいです。「なるほど、学歴社会や学校生活には向いてなかったけど、学習が嫌いなわけではなかった」と分かってきました。

もう一つあるのは、二つ軸を持っているほうが創造性が発揮されるというか。分かりやすいのが大谷翔平の二刀流で、ピッチャーとバッターの二つの軸を切り替えながら、バッターとしてどこを攻められたら嫌かとか、ピッチャーとしてどこに投げたら打ち取れるか、といったことを彼はすごくクレバーに学習していますよね。都会と田舎という二軸と一緒で、両方が機能し続けて相乗効果が起こっている。すごく創造性を発揮して野球に臨んでいる気がします。

# 第五章

# 先生のその発想は、どこから来ているんですか？

## 理屈じゃないことがこの世には存在するという理屈

**伊集院**：四十五歳を超えてから、なんだか分かんないけどひどく嫌いなものにあえてチャレンジしてみたら、これが意外に楽しいことが多いんです。

自転車なんて、あんな嫌いなものはなかったのに、「自転車は意外におもしろいな」となって、自転車ばかり乗っています。なんだ、おれはこれにハマることにおびえてたんじゃないのか、みたいなことになってきましたね。

**養老**：五島列島は歩いたんですか。それとも自転車？

**伊集院**：自転車と歩きです。僕は車の免許を持っていないんです。自転車で坂を上るのは大変なんで、嫌は嫌なんですけど目の前に現れた坂を乗り越えたときはすごいうれしかったりします。

こういう旅の中で「自分でもあきれかえるほど理屈っぽいけど、理屈だけが好きなわ

けじゃないんだな」と思うことがあります。理屈面では、こまかくスケジュールを組むのが大好きなんですけど、それが崩れる瞬間が、また好きで快感なんです。その崩れたスケジュールをもう一回組み直してうまくいったときに、もうしびれるぐらい気持ちいい。

**養老**：それ、分かる。

**伊集院**：分かりますか、やっぱり。思い通りにいかなかったにもかかわらず、なんです。先生の虫捕りだと、天候が悪くて捕れなかった目標の虫の代わりに捕れる虫がいるわけじゃないですか。なんですかね、あの快感。

そういうのは、ある程度余裕のあるスケジュールのときにでき上がったりする。ある程度の心の余裕を持たないとでき上がらない。それで**「おれが好きだったのは、予定通りに行くことじゃないんだ」**と最近、気づいたんです。

予定通りに行ったときの、ただホッとするだけという予定調和の感じとは違うんですよね。一回それが大ピンチになって復旧できたとき。スマホのナビではあるはずの道がないとか、パンクとか、思った以上の疲労とか、さまざまな理由でダメになったにもかかわらず、それでも帰ってこれたときの、泣くほど気持ちいい感じとか不思議ですよね。

僕は理屈で自分をなんとか制してきた人だから、僕と同じ理屈第一主義の人が好きだったんですけど。でもあるとき、かみさんから「理屈に合わないけれど嫌いとか、**理屈じゃないけど好きだということが存在するという理屈はないの？」**と言われて、コロッといっちゃった。

世の中であんな理屈のない人はいません。本当に本能的な人で、嫌なものは嫌、好きなものは好きな人で、僕の苦手なタイプの、ある意味いちばん上にいる人だったんだけど、僕はその「理屈じゃないことがこの世に存在するのは理屈じゃないのか」という言葉に「参りました」と……。

## 最近は、嫌いなもの潰しをしています

**伊集院**：もう今は、本当に**嫌いなもの潰し**になってきています。執念深い性格だから好きなことはかなり深掘りしますが、結果「これは永久に分からない」ということが分かるじゃないですか。そうすると、あとはほぼほぼ確認作業みたいなものばっかりになってくるわけです。ゲームが好きだといっても、だいたいパターンは分かってくるから、予定調和になって、あんまり驚きはなくなってきています。

それに対して、いちばん嫌いだったジョギングをやってみたら、「なるほど、こういうことなんだ」と。嫌いだった自転車も「こういうことなんだ」。あとディズニーランド、「なるほど、これは確かに可愛らしいな、この辺をみんなが喜ぶんだ」という発見

があったりするわけです。

**養老**：ディズニーランドにも行ったんだ（笑）。

**伊集院**：行きました。かみさんのせいにして。この人の接待だと思えば行けるもんだなと思って（笑）。そしたら、「こういうふうなことになってんのね」みたいなのが分かった。結婚してよかったのは、彼女のせいにして行くことができるということですね。ベタな観光地とか、行くのが照れくさい代官山とか、まったく用のなかった場所に行ってみたりする。かみさんの軸で行動すると、意外な発見があるんです。

**養老**：なるほど。

**伊集院**：お笑いが昔やっていたことって、世間の人のやらないことなんですよ。変わったことをやっているやつがお笑いでした。だから僕も世間の人がやってることなんて、流行ってることなんて、って思っていたんですけど、数年前、同じようなお笑いイズムを持っていた少し年上の浅草キッドの水道橋博士が、ある時期まで、変装して撮った写真で運転免許証を発行してお上から怒られたり、頭の毛を剃ってかつらを被ってテレビに出たりしていたのが、突然健康本を出してベストセラーになった。

不健康こそ芸人イズムといった感じだった彼が突然流行のど真ん中の健康本なんて、と思い理由を聞くと「当たり前のことをやっているお笑いの少なさに気づいた」と言うんです。

世間からズレようとすることは世間に合わせようということと一緒なのかと。その影響もあって「それはお笑いのすることじゃないから嫌い」なんて思ってたこともやるようになりました。

## 先生って、驚くことはあるんですか？

**伊集院**：突然ですけど、先生って驚くことはあるんですか？

**養老**：驚いた経験というと、解剖を終えて、遺族にお骨を返しに行くときのことですね。

東大の赤門を出たんですよ。白木の箱に収めた骨壺の中にお骨が入ってるんだよ。そのお骨が突然、動き出してガタガタガタガタ。はっと立ち止まるわけですよ。僕が揺すったわけじゃないから。それでまず何を思ったかというと、「このお骨は泣いてるのかな、笑ってるのかな」。

お骨を遺族に返しに行くと分かるんだけど、歓迎されるお骨と歓迎されないお骨があるんですよ。分かるでしょ？　解剖に回される遺体って、たとえば都会で孤独に死んだ人たちですよ。そうすると、故郷ではお骨を返されても迷惑だったりするんだよね。死んだから引き取ってやろうと思う人もいるかもしれないけど。

**伊集院**：逆に大事ならば「解剖なんかしないでくれ」という話でもあるでしょうから。

**養老**：それに近いからね。だから「泣いてるのかな、笑ってるのかな」と思ったんです。つまり帰りたいのか、帰りたくないのか。返しに行く前、町田に住むご遺族に電話したんです。品のいい年配の女性が出られて「近くまで来たら孫が迎えに行きますから」と言われたので、このお骨は旦那さんだなと思いました。それで町田まで行ったんですよ。きょうは天気はいいし気分がいいから「お骨は笑ったに違いない」と思って。

それで、お孫さんが迎えにきてくれてお宅に伺ったら、実はお骨はその女性の息子さんのものだと分かったんですよ。「息子は生まれたときから障害があって、ずっとお国のお世話になるしかなかったので、せめて死んでからはお役に立てればと、本人の遺言で献体したんです」と言われました。

ずっとお母さんが息子さんの面倒を見ていて、その献体のときが母親から離れた最初で最後だったそうです。

解剖するのに一年間ほどこちらでお預かりしたから、一年経って久しぶりに自宅に帰ることができる。「ああ、あれはうれしくて笑ったに違いない」と思いました。最初はびっくりしましたよ。

**伊集院**：すごくいい話ですね。……でもちょっと待ってください。解剖学をやりながら「このお骨は笑ってる」という感覚って同居できるんですか？

**養老**：そこにはもう一つ解釈があって、お骨が共振するということなんですね。音叉（おんさ）の論理ですよ。同じ音叉を並べておいて、こっちを叩いたらあっちが勝手に鳴りだすでしょ。あれですよ。大型トラックがそばの道路を通って、お骨が固有振動を起こした、と。

**伊集院**：そっちは分かります。そっちはさも先生が話されるような内容だと思います（笑）。でも「お骨が喜んで笑っている」ということと、この骨はカルシウムでできている物質だみたいなことは両立するんでしょうか。

**養老**：そうですね。それが両立するようになったんです。

**伊集院**：なぜですか!?

**養老**：だって、お互いに排除するわけじゃないですからね。

**伊集院**：僕は、まさにお互いが排除するんだと思い込んでるんですけど。

**養老**：僕からいうと、それは逆に理屈っぽいんだよ。

**伊集院**：まさかこっちが……高校中退のお笑い芸人が学者に理屈っぽいって言われるとは……（笑）。これは同居できるものなんですね。

**養老**：できますよ。状況によって、どっちを取るかというだけです。今の話をトラックの振動とお骨が共振して……という話だと、おもしろくもおかしくもなくなっちゃう。

## 「幽霊は現実だ」といえる場合がある

**伊集院**：おもしろくなくなっちゃうって、まさにこっちのジャンルの話じゃないですか（笑）。両方成立してしまうという解剖学の先生がいる!?　抵抗はありませんか？

**養老**：**幽霊っているんだよね。だっていなきゃ言葉にならないでしょ。**頭の中にいるんですよ。それは間違いない。だから世界中にいますよ。「外にいる」と言いだすから変なことになるわけです。頭の中には間違いなくいるだろうという話。だから「幽霊を見たから」と大急ぎで逃げて、転んで足の骨を折ったりするわけです。そういうとき、「幽霊は現実だ」と言えるでしょ。

**伊集院**：ふむふむ。

**養老**：「幽霊はいます」でいいじゃん。幽霊の絵だってたくさんあるよ。

あと、幽霊のことを考えるにしても、戦争中と平和なときとではまた違うものね。人ってそういうものでしょう？　たとえばフィリピンで終戦を迎えて帰ってきた人が「飢えた兵隊が戦友を食ったことがありました」と証言する。そうすると、人間はそういうことをするものだと性悪説を取りがちですよね。

でもそのとき、「それは違うんじゃないかな」と思いました。人間は性悪でも性善でもなくて状況次第だろう、と思ったんです。状況次第で自分だって「食わなきゃ死んじゃう」となれば食うかもしれない。性悪とか性善とかは、その状況に置かれたことがない人が言うんですよ。人間の性は本来善だとか悪だとかいう考え方が変なんだと思いますよ。

**伊集院**：すごい話だ。頭の中の幽霊が、現実に足を骨折させた。骨折の原因は幽霊という理屈も成り立つなあ……。ああ、また理屈っぽいや。

**養老**：（笑）

**伊集院**：先生のその発想は、世間とはまったく違うところから来ているんでしょうか。

**養老**：そんなことはないですよ。基準になっているのは世間があるからでしょ。世間と折り合わないから考えるんですよ。「なんでみんなそういうふうに思うんだろう」「どこに問題があるんだろう」。そうすると、分からないんですよ。答えは簡単には出てこないんです。

だから、そういう疑問がいつも溜まっているわけ。疑問が解けないで頭の中にずっとあるのは、トゲが刺さっているのと同じなんです。

普通の人はそれを丸めるんです。覚えている辛抱がなくて、とりあえず忘れる。だから「どうしてこうなんだよ」と聞いたとき、「いや、そういうもんだと思ってました」

となる。「そういうもんだ」と思ってしまえばトゲにならない。だから痛くないわけですよ。

僕はどうもたちが悪くて、ずっと気になっているんです。二十年三十年と気になっている。そうすると、あるときふっと気がついて、「ひょっとしたら、これが答えじゃないか」というのがポコッと出てくるんです。そうすると、頭の中のトゲが抜けるので非常に気持ちいいんですよ。だから、まず辛抱がいるんですよ。それから体力がいるんです。

**伊集院**：マゾのひとも、痛み自体が快感なのではなくて、解放されたときの快感がそれを上回るから、痛みを欲しがるんだろうか？

## 不要になったものをヒントに企画をつくっています

**伊集院**：僕が企画をつくるときのコツが一つありまして「**世の中で不便なものが便利になったときに、振り落とされたものは何か**」と考えるんです。スマホができたら何がなくなったのか、とか。それは今必要じゃないことだから、趣味や娯楽に変えられるはずなんです。

たとえばデジカメができたら、現像するまではきちんと写っているかどうかが確認できないということがなくなって、すごく便利になりましたよね。その代わり、あの待っているときのワクワクがなくなったと思うんです。となると、デジカメのモニターを見ずに、激しく動いているものを真ん中に撮れたら高得点というゲームにする。

ほかにも、この不便がおもしろくなるケースで「文通将棋」って知ってますか。文通で一手ずつ将棋を指す。一手指し終わって、相手の一手が返ってくるまでに五日間くらいかかるんですよ。その間、熟考するし、出したあとに「しまった」と思ったりする。ネット将棋と対極にあるおもしろさだと思うんですよね。

**養老**：面倒くさいものが逆に趣味になるのね。

**伊集院**：そう思うんです。不便は半分楽しみなはずだと。便利にするのを世間が創造的だと思っているのなら、趣味の世界では不便を楽しんでいくほうが創造的だなと思うんです。

落語がまさにそうです。こんなにクリアな映像がある世の中で、じいさんがしゃべっただけでその情景を浮かべさせるというすごく偏った娯楽ですよね。落語のすごいところは、その不便を想像力で補えたときハイビジョンよりきれいということです。
僕がラジオに惹かれるのもその不便さにあって、不便なだけに鍛えれば便利を超えると思っているんです。不便の昇華の仕方に創造性がいちばん発揮されるし、ワクワクもします。

## 科学の論文を書くのが嫌になった

**養老**：ちょっと似てるなと思うのは、僕は科学の論文を書くのが、もう嫌になったんです。なぜかというと、すごくうるさいの。間違ったことを書かないように、きちんきちんと理屈で書くでしょ。レフェリーがいて、余分なもの削るわけですよ。そうすると、おもしろくもなんともないんです。

**伊集院**：知識をブレずに伝えなきゃいけないから。

**養老**：今、僕はまったく逆をやっていて、自分のやりかけのメモに近いものを作っているわけ。たとえば虫の写真だったら、とにかく撮ったものを全部並べるんです。だって実際にやっているときはそうなんだから。でも最終的に論文にするときは、いちばんよく撮れている一枚を出すでしょ。それって、言ってしまえばウソでしょ。だからおもしろくないんだよ。プロセスを全部取っちゃうから。

今の論文のスタイルだと「なんでそういうことを思いついたのか」とか「どんなふうにそういうことを考えたのか」という部分が全部消えちゃうんです。結果的に論文が電報みたいになっちゃう。だから、『サイエンス』とか『ネイチャー』を読んだって、ちっともおもしろくない。人間がやっていることとは思えないですよ。

電報って今まで何通出たか知らないけど、読んだら全部内容が分かるのかな。想像力を発揮して、電報の裏を読み解いたらおもしろいかもしれないね。

**伊集院**：電報ってちょっと俳句に近いじゃないですか。一文字いくらだから、電話がまだ引けてない家庭とか貧乏な学生が、最小限の文字数で内容を伝える工夫を凝らしている。入試に受かったことを「サクラサク」と最初に表現した人の頭の良さとか優雅さとかすごいですよね。

最近、かみさんとの間ではやってるのが、花とか植物の写真を撮って自分で考えたウソの名前を送り続けるという遊びなんです。

たとえば、赤い実のなる木の写真を撮って「ヤマイクラ、海を見たことがない山村で、イクラというものはどうやらこういうものらしいと聞きこの実に『ヤマイクラ』という名前をつけた。噂に聞いたイクラ丼のようにご飯に乗せて食べてみたらまずかったので、当時の山村ではイクラはまずいものだと思われていた」みたいな作り話を書いて送るわけです。これって、そもそも僕が花の名前を知らないからできる遊びなんです。後で調べたらこれは「ナンテン」だそうです。

**養老**：不便さが企画を生むように、無知が遊びを生むわけですね。

# 第六章

# 「シーラカンス」がいることは、希望ですね

## ＡＩに仕事を取られるとよく言いますが……

**伊集院**：新しい技術が登場するたびに、世の中がざわざわと騒ぎ出しますよね。世間では「ＡＩに仕事を取られる」という不安が広がっています。そうなると相当困るぞ、と。

**養老**：ＡＩに仕事を取られるというその根本は、世の中の情報化ですよね。みなさん、「これからＡＩに仕事を取られる」と思っているけど、そうじゃないんだよ。もう取られているんです。それに気づいていないだけなんです。

二十五年ぐらい前に聞いた、かみさんの病院に対する文句が「お医者さんが私の顔を見てくれない」。それはそうですよ、カルテだけを見てるんだから。情報だけを扱っている人間が医者になったということです。

**伊集院**：なるほど。

**養老**：「待ち時間が長い」とか「説明が難しい」とか、うるさく言う患者の話し相手なんて、する必要ない。カルテだけ見てれば、すっきり簡単じゃないですか。そういう世界になっていたんです。

**伊集院**：患者の病状を受け取って、対処法を伝えるシンプルな作業しか請け負いたくないということですね。

**養老**：五、六年前に、かみさんと行きつけの銀行に行ったときのことなんだけど、ある手続きをするときに銀行の人から「先生、本人確認の書類をお持ちですか?」と言われたんです。普通は運転免許証でしょうね。でも僕は運転免許を持ってないんだよ。

そしたら向こうは「健康保険証でもいいんですけど」と言うんです。健康保険証なんて持ってこないよ。病院じゃないんだから。そうしたら向こうがなんて言ったか。「困りましたねぇ。分かっているんですけどねぇ」って（笑）。

そこで「あれっ?」と思ったんです。「本人確認の書類を持ってこい」と言われたけど、「そうすると、おれは誰だろう? 〝本人〟ってなんだろう?」と思ったわけ。

**伊集院**：本当だ！（笑）

**養老**：それがしばらく疑問で、それから数年経ってだよ。会社で働いている知人が「近ごろの若者はね」と言いだした。「同じ部屋で働いているのに、メールで報告してきやがった」と怒っているわけ。「あいつらは職場の仲間同士で、仕事の話をメールでやりとりしているらしい」と。

その瞬間に「なるほど」と気がついたんですよ。要するに、彼らは「本人が嫌」なんだよね。課長が同じ部屋で働いているんだけど、課長の顔を見に行くと、二日酔いで機嫌が悪いとか、上司に何か言われたらしいとか、余計な情報が入ってくるでしょ。メールだと、そういうめんどくさいものが全部落ちるんですよ。そのとき「会社員も医者や銀行員と同じだ」と思った。

**つまり「われわれ人間は何か」というと、もはやノイズなんですよ。**不潔で猥雑(わいざつ)で意味不明だから、そういう存在はないほうがいい。だから最近は結婚もしないのかもしれませんね。なにしろ現物はノイズの塊(かたまり)なんだから。

だから国も「マイナンバー、番号一つでいい」と言っています。あなた本人はいらない。その裏を取るものもいらない。公に「いらない」と言っているわけじゃないけど、本人を番号一つにするということは、そういうことでしょ。番号にできるんだよ。そのほうが断然効率がいいということでしょ。

**伊集院**：情報部分以外は、関わりたくないということですね。

**養老**：そう。だから同じ会社に勤めて同じ部屋にいても、「メール以外はいらない」というわけですよ。電話も使わない。電話だと「今日は機嫌が悪い」と分かるからね。

## 人がいらない社会をつくってどうするんだろう

**伊集院**：でもそれ、ちょっと理解できます。僕も一時期、自宅にいても電話に出ずに、留守電に全部入れてほしい、ということがありましたから。原稿の催促なら、留守電に入れてくれたらそれで分かるし、締め切りまであとどれぐらいとかも入れてくれればいい。でも電話に出ちゃうと、謝ったり言い訳したりしなきゃならないじゃないですか。

つまり、そこで電話に出ないということは、相手の報告やデータは欲しいんだけど、それ以外は請け負いたくないということになりますね。もうすでに、ちょっとずつ変わってはいたんですね。

**養老**：要するに「当の人間を外す」、この傾向がずっと続いているわけです。だったら銀行には、うちの猫に僕の健康保険証を持たせて行かせりゃいいんですよ(笑)。

**伊集院**：銀行にとっては、身分を証明する健康保険証がすなわち養老先生であって、別に本人そのもののことじゃなかったりするわけですね。

**養老**：そう、本人は邪魔くさいんです。

**伊集院**：もうどんどん進んでいって人間いらない、全部データでと。

**養老**：それがいちばんひどいのは、銀行じゃないですか。これから数年間で何万人もリストラするとか言ってるでしょ。自分たちがお客にやってきたことが、そのまま自分に返ってきたわけです。

**伊集院**：客をそういうふうに認証してきたら、今度は自分たちがいらなくなってきた、と。今後どうなっていくんでしょうね。

**養老**：それは銀行でリストラされる側の人たちは考えなきゃいけない。「おれたちはどうしたらいいんだろうな?」と当然考えるべきなんですよ。

どんどん人間を排除して、「もういい加減にしろよ」と言いたくなるね。「どうすんだよ、まじめに考えたらいいのに」って。人がいらない社会をつくってどうするんだろう？　僕からすると、コンピューターは文房具だからさ。文房具だけあって人間がいない世の中って、そんなバカな話ありますか。意味がないって言うんだよ。

## 僕たちの「逃げ遅れた感」、どうしましょう

**伊集院**：また五島列島で聞いた話なんですけど、五島にもコンビニができて、便利になったのはいいけど、なんでも売ってる分、他の多くのお店の売上が下がった。みんな収入が激減したところに、今度は一〇〇円ショップができて、これならば買えると、みんなが集まった。けれど、圧倒的な安さに太刀打ちできないから、今度は潰れるお店も出てきて、こうなると、そのうち一〇〇円でも買えないって人も出てくる。さて、どうするんだと。

でも、社会全体がこの傾向ですよね、機械化はいいけれど、自分たちが仕事を追われたときに、機械の作ったものを買える人もいなくなる。肉食動物が増えて、草食動物が

いなくなったとき、どうなるの?と。

**養老**：自滅ですよ。

**伊集院**：そのことはいつかだれかが考えるんでしょうか。

**養老**：世界を見ていると、あんまり考えそうもないね。

**伊集院**：ですよね。買う人がいなくなれば、コンビニも一〇〇円ショップも撤退せざるを得ないだろうと話していましたけれど、世界全体がそうなったときに、僕が考えるのは「ずるいなぁ。それで逃げきれる世代はいいけど、僕たちにはまだ先があるんだよ」という逃げ遅れた感です。二十代の人たちは、もっと深刻なんじゃないかな。

**養老**：**だから僕は移住を勧めているんだけどね。**移住先はやっぱり田舎がいいんじゃないですか。田んぼと畑があって、まずそこで自分の食べるものぐらいは確保して、そこから先を考えたらいいと思うんですよ。

**伊集院**：そうはいっても難しそうだなあ。

**養老**：僕の友だち、やってますよ。地元の栃木で農業法人を立ち上げて、なんと若い人が五人も六人も来るんだよ。口コミだけなのに、どこからか聞きつけて、毎年、新人が来て困っている（笑）。

**伊集院**：人気なんですね。

**養老**：みんなもう、今のままじゃまずいと分かってるんだよ。だけど自分で田んぼを借りてという、ど根性のあるやつはあまりいないから、そういうところがあれば「自分もまぜてください」と来るわけです。

今それをやれば、おそらく日本中でいっぱい立ち上がりますよ。

でも、いろいろ大変だとも話していました。地元で農業をしているジジイが新しく来た人間に意地悪をするんだってね。全部が全部というわけじゃないだろうけど。

**伊集院**：僕が聞いた話では、都会から田舎に移住して、休耕田、休耕畑を借りて耕す。五年がかりで畑を生き返らせて、さあという段になって地主が「契約は更新しませんよ、ご苦労サン、サヨナラ」って。これって「最後に勝ったのは農民」映画「七人の侍」の世界。

もちろん、優しいウェルカムな人が大半なんでしょうけど、こういう事例もあるようです。

※七人の侍……黒澤明による長編映画。主演志村喬(しむらたかし)、三船敏郎。戦国時代、村が野武士に襲われることを知った農民たちが、七人の侍を雇い、野武士と戦う。ラストシーンで志村喬扮する侍たちのリーダーが、「勝ったのはあの百姓たちだ。わしたちではない」とつぶやく。

**養老**：そのケースは、追い出すほうが貧しいよね。根本的に農業を好んでいないんです。田んぼや畑が生き返ったらうれしいじゃない。そういう気持ちがないんだから。

## 苦しくないことは悪いことと洗脳されてきた

**伊集院**：僕が思うに、結局行き着くところは、「やっていて楽しい」ということ、「食える」ということ、この二つだと思うんですよ。

車酔いをする人がタクシーの運転手をしていて楽しいわけがないじゃないですか。無口な人がラジオＤＪをやったってうまくいくはずはない。何をやっていて楽しいかというところから考えないと。根本はここだと思う。

**養老**：そうですね。

**伊集院**：今、お笑い芸人が高年齢化しているんです。一昔前はお笑いをやめてまじめに働けば働き口があったのに、今はそうじゃないから、やめることもできなくなった。後輩芸人の一人はコンビニのバイトの収入で食っているから、実質の職業はコンビニ店員なんですが、お笑い芸人をしている自分がコンビニ店員のバイトで食っている分には、その人生は我慢できるし楽しめるけど、**その逆、ちょっとおもしろいコンビニ店員として生きるのは苦痛だ**と言うんです。

結局好きかどうか、何が楽しいかが大事で、少なくとも餓死することはないという最低ラインを維持できれば、それもありだという線の引き方をしないと、やってらんないという心理だと思います。

**養老**：何よりお金になるのは「世のため人のため」だからです。私だって虫だけいじってたら食えない。

**伊集院**：土いじりの好きな人が農業をやる。おばあちゃんっ子が介護をやっている。それが同時に人のためになることならば、お金もついてくるということですね。自分の中でも「何でもかんでもテレビに出たい」という時期は終わって「やっていて楽しい番組で、人様が喜んでくれるものに出たい」と変わりました。

**養老**：つまり人のためでしょ。

**伊集院**：ただ問題が一つ。僕らは**「楽をすることは悪いこと」とずっと洗脳されてきた感があって、そこから抜けられないんです。**

今、スパルタ教育が問題になるじゃないですか。僕は落語の世界でかばん持ちをやって、ずっと厳しくされてきて、結果生き残っているから、厳しくされることと成功体験が切り離せないんです。「あのとき師匠が厳しくしてくれたおかげで今生きていけてる」なんて思う。だから苦しくないと僕はちょっと不安になるんですよね。同世代は

「立派なこと言ってら」と思うかもしれませんが、このせいで、次の世代への接し方に困り果てているんです。

「厳しくしてくれてありがたい」の時代はもう完全に終わりましたね。そういう言動はすべてパワハラの対象となるし、テレビでそれをやれば見ていても笑えないことになってなくなりました。

僕らが若手のころは、先輩が出す無理難題を後輩がクリアしていくというエンターテインメントがあって、たとえばヒッチハイクだけで世界を旅するという無謀な番組なんかも人気でしたが、今なら抗議の嵐でしょう。

パワハラが社会問題になったスポーツの世界の指導者たちは、「あのときは先生を恨みましたが、先生に厳しく指導してもらったおかげで、こんなに根性がつきました」という人たちじゃないですか。スパルタ方式の成功者しか指導者になっていないなかで、これからどうやっていけばいいんでしょう。

## もう若手への「無茶振り」で笑いをとるのはダメですね

**養老**：僕らが経験した大学紛争のときに巻き起こったことの一つは、医者の世界が徒弟奉公だという批判です。「こんな医局制度は封建的で前近代的だ」と訴えていましたね。じゃあ徒弟奉公ではない、とはどういうことなのか。でも、ああいう手作業の技術を伝えていく世界は、やっぱり徒弟奉公なんですよ。それを最近は全部オープンにして、それこそコンピューターでもできるようにしていこう、となっていますけれど。

**伊集院**：僕が育った落語の世界はまさに徒弟奉公そのものです。これなしで古典芸能の伝承は不可能だと思うのですが、テレビはそうはいかないですね。実際、後輩と共演するときは言動に気をつけるようになりましたね。「無茶振り」と言って、上のものが下のものに無理難題を言いつけ、言われたほうは時間をかけてガッツで切り抜けるというのは、平成のバラエティ番組の基本と言ってよかったと思うんですが、この手の企画はもうダメなんです。スポンサーはつかないし、世間も許さない。結果ガッツと時間があることしか取り柄のない若手芸人は仕事がない。

企業も精神論に代わる人材育成法を知らない所が多いじゃないですか。無理だと思っても「弱音を吐かずに頑張れ」という励ましか知らない上司が、「それはパワハラだ」という部下をどう育てるのか。死屍累々(ししるいるい)の中「上の言うことに従って弱音を吐かずに頑張る」スキルで乗り切った人しか会社にいないんだから。

ただ、先生は、そんな時代に、周りの価値観に従わなかった人だと思うんです。世間とのズレを気にしなかったんですよね。

**養老**：もっときつく言うと、従っちゃいけなかったんだよね。**僕が本当に嫌いなのは、「自分は我慢したから、おまえも我慢しろ」という考えです。**戦争中はずっとそうでしたから。この強制が日本の場合はいちばんきついでしょ。あの空気は大嫌いですね。

ただ、僕は二十八年勤めた大学を辞めた瞬間、世界が本当に明るく見えたんですよ。ということは、それまで我慢していたってことです。でも自分で我慢しているとは必ずしも思っていないんです。授業をするのも、教授会に出るのも、すべて「当然」だと思っていた。辞めて初めて「我慢していた」と気づいたんですね。

**伊集院**：なるほど。僕も自分のした我慢はたまたま自分にあっていたからといって、次に続く人もそうだと決めるのは間違っていると思います。僕の我慢は大きな目で見れば、「したくてした我慢」ということで、自分の選択だったんだと自覚しなければいけないんでしょうね。

**養老**：よくあるよね、「おれも我慢したから、おまえも我慢しろ」って。それを無視すると、また怒るんだよ、そういう人は。辛抱した人が怒るから、これ、怖いんですよ。

**伊集院**：特にスパルタの恐ろしいところは、それで死んでしまう人がいるところですね。死んだり壊れたりした人間は、指導者にならないから変えられないじゃないですか。そうすると延々と続いていくんですよね。

「一〇〇％やれ」と言って、八〇％しかやらない人もいれば、一二〇％やる人もいます。八〇％しかやらない人に「一二〇％やれ」と言って一〇〇近くまで頑張らせるのが「スパルタ」だと思うんです。確かにそれでうまくいった人はいるんでしょう。

でも、もともと一二〇までやる人間に「一二〇やれ」と言うと、やりすぎて壊れてしまう。本当は素質があったり、まじめな人ほどダメになっちゃうんです。もともと八〇しかやらない人に「八〇でいい」と言うと今度はものにならないと思いますが。これからは、みんな自己責任。自分がやりたいならやればいい、それでダメでも自業自得ということになる。ちゃんとできる人はいいけど、僕はダメだったろうなあ。

**養老**：**「無理をするな」**が親父の遺言だって、おふくろはよく言ってましたね。親父は若くして結核で死んだんですよ。自分が無理したことが分かっていたんですね。

**伊集院**：それも大きいですね。指導者でもある父親が「自分の失敗を繰り返すな」という思いがあって言ったことなんでしょうね。

**養老**：おふくろに言われたので、おふくろ自体がどこかでそれを思いだしていたんだね。ずっと心配していました。

**伊集院**：無理をすることの怖さを分かっている人だったんでしょうね。

**養老**：過労死なんかほんと、あり得ないですよ。だから前も言ったけど、突き詰めて考えないことですよ。でも分からないときは分からないんでしょうね、周りの価値観に埋もれちゃって。だから本当は価値観って自分でつくるんだよね。僕はずっとそう思っていました。

## 僕の次のステップは「おもしろすぎないトーク」です

**伊集院**：ラジオDJとして以前目指していたことは、「三日三晩寝ていない人が、僕の話がおもしろすぎて眠れないくらいのトーク」だったんです。でも少し前から、平日午前のラジオをやるようになって、逆にあまりおもしろくないことの大切さが気になってきました。おじいさんから**「おもしろすぎてしんどい」**という手紙をもらって、「何じゃそりゃ」と思ったんだけど、そこに大きなヒントがあると。

仕事しながら聞き流していたんだけどちょっと引っかかっている、くらいの温度に調整できるようになれば次のステージに来たと思っています。誤解を恐れず言うならば、今の僕の目標は「おもしろすぎないトーク」なんです。

もちろん、おもしろくしようとしているのにおもしろくないことは、よくないことです。だから「おもしろすぎない」という言い方が悪ければ、「塩梅が良い」「聞き心地が良い」みたいなことが、大事になっています。僕が目指しているものが変わってきました。

**養老**：僕の本にしたって、たまに解剖学者の考え方に触れて少しだけ印象に残るという、それだけでしょう。本人は一所懸命考えて、こういう順序でこういうふうに考えてくれたら、と思って書いているんだけど、一方で「別にどうせ読んだりしないよな」と分かっている。

学生が本当にそうだから。一所懸命きちんと教えていたって、全部なんて覚えていないし、理解してもいないですよ。つまんでいるだけ。でもそれでいいんですよ。

本も初めは自分で書いていたんだけど、そのうちライターの人に話をして、原稿をまとめてもらうようになりました。そのほうがいいんですよ。自分が妙にこだわっている部分が落ちるから。

**伊集院**：辞書で「こだわる」の意味を引くと、「普通は軽視するものにまで好みを主張する」って書かれているんですね。

そうすると、「僕のこだわりは――」なんて言うのは、他人にとって意味がないことを含んでいるんだなと思って。「こだわり」というのは、そういうことなんでしょうね。

## 深夜放送と朝の放送の両立は結構難しいです

**伊集院**：ラジオなんてこんなにクラシックなものなのに、むしろ、だからこそ果てしない。古典落語が果てしないのと同じです。僕なんて絶対、究極のところにたどり着けないのは分かっているけど、それでも究極を考えるのはおもしろいですね。

たとえば、深夜放送って何にでもケチつける性悪説でしゃべるほうがいいんです。世の中に不満のある人が「おれもそう思う」と共感してくれるようなしゃべりです。でも毎朝の放送って、性善説でしゃべらないと苦しくて聞けたものじゃありません。それって両立できないということが分かってきました。朝を追求していくなら、深夜放送はそろそろ終わりだと思い始めました。

**養老**：両方は無理、両立しないんですね。

**伊集院**：はい。ほかに「分かり始めたこと」で、「笑わせること」と「笑われること」は基本的に違うと、前（第三章）に言いましたが、お笑い芸人である自覚を持った上でならば「結果誰かが笑っている」ということで問題ないというのがあります。

もともと、「このタイミングで笑ってもらうよう自分が全部コントロールしたい」と思っていたのが、そんな大それたことではない、となってきました。少なくとも僕は笑われる覚悟はあって、笑いが発生することを願ってしゃべっていて、聴いてる人が実際に何回か笑っているならＯＫくらいのなだらかなところに落ち着きました。しかも**「ずっと笑わされている不快感みたいなのも絶対あるんだ」ということも考えるようになりました。**

それを若いときの僕がなんて言うかは分かりません。それは退化だと言われるかもしれないけど、いろいろなことを経験していくうちにそうなってきましたね。

多分、老いとも関係あると思うんです。トークのペースが落ちてくるとか、思考の回転が鈍ってくるとかも関係あって、最初は言い訳で言っていたことが、しっくり腑に落ちるようになってきた、五十代はそんな感じですね。先生が言う「どうせ、あともう少しだし」というところまで行くと、もっともっとそぎ落とされてくるのかもしれません。

## 解剖学なんて、学問としては杉田玄白で終わり

**伊集院**：僕の職業は「ラジオパーソナリティ」です。なんて気張っていたころもあるんですが、最近は**「ラジオが趣味かな」**とは思うようになりました。三十代のころ、いつか悠々自適の暮らしをするようになったら仕事なんかしないんじゃないかと思っていたけど、多分、「ラジオだけは続けるんだろうな」と思うようになってきました。

**養老**：いいじゃないですか、しゃべってるのが趣味。

**伊集院**：はい、そうなんです。結局テレビができてもラジオが滅びなかったというのは強いですね、古典落語もラジオもすでに時代遅れだったということが良かったかも知れません。

**養老**：僕が解剖学教室に入ったときなんか典型ですよ。そんなものは学問としては杉田玄白で終わりでした。

※杉田玄白……江戸後期の医学者。ドイツ人クルムスの『解剖図譜』のオランダ語版『ターヘル・アナトミア』を読み、その後処刑場で死体解剖を見て同書の記述が正確であることに驚く。前野良沢らとともに翻訳に着手し、一七七四年『解体新書』本文四巻、解体図一巻として完成させる。

**伊集院**：『解体新書』で答えが出ている、と（笑）。でもなくならないですもんね。

**養老**：そうなんですよ。

**伊集院**：YouTubeも十年後どうなってるのか分からない。最先端だと思っていたけど途中で滅んでしまったものもいっぱいあって、二〇〇七年ごろに始まった3Dテレビ放送なんて二〇一七年に終了してる。なのにラジオは残っている。

**養老**：シーラカンスですよ。

※シーラカンス……体長一～二メートルほどの魚類。四億年前の古生代デボン紀に

出現し、七〇〇〇万年ほど前の中生代白亜紀に絶滅したと考えられていたが、一九三八年に南アフリカ東海岸で発見された。「生きている化石」といわれる。

**伊集院**：本当にそうですね。シーラカンスもいれば、進化したヒトもいるという世界ってすごいですね。落語から８ＫにＶ Ｒ（ヴァーチャル・リアリティ）まで世の中のエンターテインメントはずっと進化して来ているんだけど、落語もラジオもあって、８ＫもＶＲもあるという。

先日、オバマさんの過去のスピーチを分

析して電子音声をつくり、オバマさんを自由にしゃべらせるというソフトのデモンストレーション映像を見たんです。一人二十分のスピーチがあればほぼ本人そっくりの声を合成できるんだそうです。僕なんて一日二時間、ラジオでしゃべっているわけで、これを解析すれば何でもしゃべらせられると思います。

でもそうなってくると、いよいよ「生の意味」「人間の意味」が大きくなって、昔、お寺の境内(けいだい)に人を集めて落語をやっていた、みたいなほうに、めちゃめちゃ高い価値が出るようになるんじゃないかと思うんです。

**養老**：もう音楽がそうでしょう。

**伊集院**：そうですね。ダウンロードで一曲買う値段は微々たるものになっているし、聴き放題で一カ月〇〇円のサブスクもある。違法なものならぶっちゃけただで聴けるけど、反面ライブの値段は上がっている。そうすると、テクノロジーを究極まで突き詰めていったら、人の求めるものは原始的なレベルにまで戻るのかもしれませんよね。

※サブスク……「サブスクリプション方式」の略。料金を払えば、一定期間商品・サービスを利用できる権利が得られる。ひと月ごとの定額制であることが多い。

## 繰り返しに見えて実は少しずつ上がっているんです

**伊集院**：先生は「人生でこれだけはやり遂げたいな」みたいなことってあるんですか？

**養老**：ありませんね。

**伊集院**：もう全然？

**養老**：だって、**どっちみち終わりだからさ**（笑）。いつアウトになってもしょうがないでしょ、この歳だから。

**伊集院**：いや、それを笑いながら言われても、こっちは「そうでしょうね！」とは言えないですよ（笑）。僕はこの世界が良くなっていくとどこかで思っているんですよ。それは序盤で話した「こつこつ積み上げていけば、いつか一〇〇％に達する」という幻想が捨てきれていないのでしょう。それが、戦後ずいぶん経ってＥＵとかができて、ヨーロッパが一つになって、良い世界に近づいたのかな？と思っていたのに「もうイギリス抜けるの？」って……先生のように終戦のガラガラポン体験のある人は「どうせ世界は繰り返す、いつかゼロになる」という気持ちで見ているんでしょうか？

**養老**：確かに上から見れば繰り返しなんだけど、**よく見ると、少しずつ上がっているんですよ。**

**伊集院**：ん？　少しずつ上がっている、というのは……。

**養老**：進化がそうですね。一回の輪がヒトの一生です。そうすると次々に輪を重ねていくうちに、いつの間にかシーラカンスがヒトになっているんです。

「シーラカンスがヒトになる」と言ったら、誰だって絶対変だと思うでしょう。確かに成体を見ると、とんでもない変化に思えるけど、受精卵の形はシーラカンスもヒトも同じ丸ですよ。つまり、どちらもいったん卵に戻ってご破算になるんです。

卵からやり直して一周、また卵からやり直して一周、そうして進化の足跡をずっと縦に見ていくと、いつの間にか遺伝子が変わってヒトになっている。そのことに、みんな気がつかないだけですよ。進化というのは、僕に言わせれば、発生過程のわずかなズレで、それ以外のものではない。もちろん、わずかずつですよ。シーラカンスをヒトにしろって言ったって、すぐには無理です。五億年かかっているんだから。

**伊集院**：なるほど。

**養老**：シーラカンスにしてみると、何も変えていません。そういう意味では何でもありなんです。**シーラカンスのままで来るのもありだし、ヒトまで行っちゃうのもあり。両方とも現代まで生きているんだから。**

**伊集院**：やっぱり今も両方生きているというのがすごいですね。シーラカンスのまま残った組もいるんですもんね。子どものころ、「猿が人間になった」と聞いたとき、「じゃあ今いる猿は何だ？」と思ったんですよ。「いつかあいつは人間になるのか？」と。

**養老**：まったくそうです。その疑問は今の話とまったく重なります。

**伊集院**：絶滅しないというのは素晴らしいことですね。「旧価値観」のままいるやつがそのまま生きているということだから。進歩的なのが正しいかどうか分からないけど、旧価値観のものと多少進歩しているものがある程度棲み分けながら同時にいることができる、というのは大事なことのような気がします。

**養老**：デジタルとアナログは両方あっていい。

## シーラカンスも存在していることは希望ですね

**伊集院**：前（第二章）で、僕が「一〇〇に到達できない苦しさ」みたいな話をして、先生が「一〇〇になんか絶対ならないんですよ」と言われたとき、僕は「ああ、そういうことか」と気づかされたんです。

でもそれって虚（むな）しいことでもあるじゃないですか。ずっと回っているのなら、進んだところで、また戻っていくわけだから、その分は無駄だということになるのかなって。だから、そのなかで先生が言われた「回りながらも、ちょっとだけ上がっている」というのは希望だと思いました。ここで言う「上がる」って具体的に言うと、どういうことなんですか？

**養老**：分からないですね。ただ言えるのは、**その物差しになるのは多様性が増すこと。**

さっきのシーラカンスもいるけどヒトもいる、というね。

**伊集院**：なるほど、多様性が増す。

**養老**：ヒトが生まれて、シーラカンスが消えてしまったとなると、豊かになったのか、そうではないのか分からないでしょ。僕はいつもそれを思うんですよ。世の中が進んでいくと、みんな一律になっちゃう。それが嫌なんです。

**伊集院**：僕たちは究極的には優れた種が残るというふうに考えがちですよね。人間社会もどんどん便利になっていって、一つの価値観とか一つの優れたルールの下に従う感じがしていたんだけど、こう生きてもいい、ああ生きてもいいと多様性を許容することこそが、むしろ「究極的なルール」なのかもしれませんよね。

**養老**：そうだと思いますよ。

**伊集院**：落語やラジオをしている者にしてみれば、「いや、シーラカンスも生きていていいんだよ」というのは、すごい希望ですよ。ソフトクリームみたいな螺旋(らせん)状に世の中が成り立っていくなら、自分の都合で上(のぼ)っても下りても止まってもいいということですから。

とです。

**養老**：でも急激に変わるのはショックが大きい。ちょっとずつ、ゆっくりやっていくことです。

**伊集院**：急いで上ろうと思ってカーブで急に舵を切ると、振り落とされる人間がいますからね。急に「明日会社辞めてやろう」というよりも、まず二軸をつくることを考えるとか。たとえばそれが都会と田舎の二軸の暮らしなんだと思います。

自分と世間との関係で思いつめてしまったとき、二軸をつくることと、螺旋構造のイメージに当てはめて現状を眺めてみると、別の道が見えてくるかもしれませんね。

**養老**：そのときは大きく構えて見たほうがいいんですよ。人間の一生がこの一周で、次の代はまた一つ上の一周。外周が大きいほうがゆっくり上がれますよ。

**伊集院**：この本のテーマに戻ると、世間といろんなズレ方をしている人がいることも、多様性につながると思うんですよ。多様性を許さない社会だと、遊びがなくて、逃げ場がないですよね。人間個人個人も、世間とぴったりくっついていると逃げ場がない。ズレているくらいがちょうどいいんじゃないか。

お笑い芸人のヒロシくんが、一人でキャンプをする「ソロキャンプ」の動画をYouTubeでアップしていて人気があるんですけど、最近「ソロキャンプグループ」というものを始めたんです。ヒロシくんのようにソロキャンプをしたいけど、一人でキャンプ場に行くのはちょっとさみしすぎる、こういう人たちを集めて、グループでキャンプ場に行って、着いたらそれぞれがソロキャンプをする（笑）。こういうのも、世間とのズレ方としてはとてもいい例だと思うんですよね。

**養老**：十数年前に生物多様性年というのがありました。国連の標語ですね。でもヘンな言葉だなあといつも思っていました。だって多様性とは「いろいろ、さまざま」だということでしょ。それがなんで「多様性」というひと言になるんだ。ひと言にしちゃったら、「多様」じゃないでしょ。

これって実は階層が違うんですね。もともと生物多様性という言葉が示しているのは、驚くほどに多種多様な生きものがいるという「実感」です。だからこれは感覚世界のこと。でも生物多様性という言葉は、抽象の世界です。つまり感覚から段階を上げて、頭の中の話になっているわけです。

※国際生物多様性年……二〇〇六年、国連で採択決議された国際年の一つ。二〇一〇年を「国際生物多様性年」とした。生物の多様性の重要性についての認識を広め

るために制定された。

ここが危ないと言えば危ない。だって多様性の実感がないからです。お腹の中には一〇〇兆の細胞が住んでいる。でもそれだけの生きものと「共存している」実感がないでしょ。だから「除菌」になる。歯の間から楊枝でカスをとって、一度顕微鏡で見てください。たくさんの細菌が元気に動き回っていますよ。これは最初に顕微鏡を創ったオランダのレーウェンフックが自分で体験して、ビックリしたことの一つです。歯医者さんに行ったら、見せてもらってくださいい。虫歯の治療だけじゃなくってね。

いろいろな人がいるという「実感」が欠けると、統一しようという世間になります。言葉がそうですね。日本語はさまざまです。でも「正しい日本語」と言いだすと、方言は消されてしまいます。いわゆる標準語だけの世界と、方言のある世界と、さて、どちらが豊かな世界でしょうか。全員が違う言葉を話すのがバベルの塔の世界です。それは困る。でもＡＩの世界は、実は「みんな同じ言葉」ですね。

※バベルの塔……旧約聖書の「創世記」中に登場する巨塔。同書には次のような物

語が記述されている。「かつて人間はすべて同じ言語を用いていた。あるとき、人間たちは天まで届く高い塔を築き上げようとした。神はその高慢に怒り、人間の言葉を混乱させて互いに通じないようにして、塔の完成を阻(はば)んだ。人間が塔を建てようとしていた場所は、のちにバベルと名付けられた」。

今われわれに突き付けられている問題の一つは、ここでしょ。全員がコンピュータ言語を話すなら、さぞかし理性的な世界になるんでしょうね。そのときに皆さんはどこにいるんでしょうか。せめて一度は本気で考えてみていただきたいと思います。

**伊集院**：ＡＩの理解できる行動や価値観の中に収まる人の快適さと、そこからズレてしまう人の不自由さ、いや、不自由どころか存在できないかもしれない世界。少なくとも「ズレてしまう」僕はその世界を良い世界だとも豊かな世界だとも思いません。

# おわりに

養老 孟司

世間とお付き合いを始めて、何年になるのか。八十歳を超えたのだから、もういい加減に世間と折り合いがついていい年齢のはずである。実際はどうかというなら、折り合いがついているような、ついていないような。はて、どうなんだろう。

伊集院さんには時々お目にかかる機会があった。なにしろ押し出しがいいし、声が大きいから、大ざっぱな人かと思うと、とんでもない。微妙なところによく気のつく人である。本来が繊細な性質なんだと思う。タレントと呼ばれる人は大勢いる。でも伊集院さんのような人は少ない。本人がどう思っているかはともかく、大変な努力家である。

世間とのズレが仕事の動機にもなり、努力の源になる。私は長年そう感じてきたが、今度の対談で伊集院さんもそうだったかと、あらためて知った。なにも世間に受け入れられようとして全面的に努力するわけではない。世間とどう折り合うか、それを苦心惨憺して発見していくのである。世間と徹底的に戦えば、日本とアメリカの戦争みたいになる。相手は巨大で、こちらはリソースが不足して敗北。世間と完全に折り合ってしまえば、今度は自分のほうが消える。長期にわたって、ゲリラ戦を展開するしかない。

世間とはなにか。社会の正統であろう。正統とは、森本あんり（『異端の時代』岩波新書）によれば、「自己隠蔽性」を持つ。自分はこうだと明示的に示さない。それを言う必要がないのである。しかも言ってしまうと、「なんか違うよなあ」ということになる。でも明確な説明なしに「それが世間の常識だろ」とも言うのである。

そういう鵺みたいなものを相手にして、長年過ごしてきた。だから伊集院さんを見ると「頑張ってね」と応援したくなる。人生の半分は自然が相手で、残り半分は世間が相手である。もっぱら世間しか相手にしない人は多い。でもそれは不幸を生む。私はそう思っている。

〈著者略歴〉

**養老孟司**（ようろう　たけし）

1937年、鎌倉市生まれ。東京大学医学部卒業後、解剖学教室に入る。95年、東京大学医学部教授を退官し、同大学名誉教授に。89年、『からだの見方』（筑摩書房）でサントリー学芸賞を受賞。
著書に、440万部を超える大ベストセラーとなった『バカの壁』（新潮新書）のほか、『唯脳論』（青土社・ちくま学芸文庫）、『超バカの壁』『「自分」の壁』『遺言。』（以上、新潮新書）、『日本のリアル』『文系の壁』『AIの壁』（以上、ＰＨＰ新書）、『京都の壁』（ＰＨＰ研究所）など多数。

**伊集院光**（いじゅういん　ひかる）

1967年東京都生まれ。足立新田高校中退後、三遊亭楽太郎（現・6代目円楽）に入門し三遊亭楽大として活動。その一方、伊集院光の芸名でラジオ番組に出演し人気を博す。88年より冠番組『伊集院光のオールナイトニッポン』に出演。90年に落語家を廃業。95年からTBSラジオの深夜番組『伊集院光のUP'S 深夜の馬鹿力』（現・『月曜JUNK 伊集院光 深夜の馬鹿力』）を開始。圧倒的な支持を集め、現在まで続く人気番組となる。2016年からは、TBSラジオの朝の平日帯ワイド番組『伊集院光とらじおと』に出演。
豊富な知識を活かしてクイズ番組などの出演も多い。映画やドラマにも多数出演。主な著書に『のはなし』シリーズ（宝島社）、『D.T.』（みうらじゅんと共著、メディアファクトリー・角川文庫）など。

構成：片岡義博
装丁：bookwall
装画：長場 雄
本文イラスト：ヤギワタル
装丁・章扉写真：Shu Tokonami
本文写真（P30～32, P146）：フォトライブラリー
協力：ホリプロ

**世間とズレちゃうのはしょうがない**

2020年10月27日　第1版第1刷発行
2021年2月4日　第1版第5刷発行

著　者　養老孟司
　　　　伊集院光
発行者　後藤淳一
発行所　株式会社PHP研究所
東京本部　〒135-8137　江東区豊洲5-6-52
　　第一制作部　☎03-3520-9615（編集）
　　普及部　☎03-3520-9630（販売）
京都本部　〒601-8411　京都市南区西九条北ノ内町11
PHP INTERFACE　https://www.php.co.jp/

組　版　有限会社エヴリ・シンク
印刷所　大日本印刷株式会社
製本所　東京美術紙工協業組合


ISBN978-4-569-84318-6

PHP新書

# 半分生きて、半分死んでいる

養老孟司 著

コンピュータなんて吹けば飛ぶようなもの——80歳を迎えた解剖学者が何にも囚われない筆致で現代人の盲点を突く。「平成論」も収録。

定価 本体八六〇円
（税別）

PHP新書

# AIの壁

## 人間の知性を問いなおす

養老孟司 著

人工知能が持ちえない「真の知性」とは何か。羽生善治・新井紀子・井上智洋・岡本裕一朗らとの対話から探る「AIの先」。

定価 本体八八〇円（税別）

PHP新書

# 文系の壁

## 理系の対話で人間社会をとらえ直す

養老孟司 著

本当の理系思考とは「前提を問う力」だ――。森博嗣（工学）、藤井直敬（脳科学）、鈴木健（複雑系）、須田桃子（新聞記者）と共に考える。

定価 本体七八〇円（税別）

PHP新書

# 変質する世界

## ウィズコロナの経済と社会

Voice編集部［編］

コロナ禍が変えたこの世界を、我々はどう生きていくべきか？　養老孟司氏、デーヴィッド・アトキンソン氏などのすぐれた論考を収録。

定価　本体八八〇円（税別）

PHPの本

# 養老孟司の人生論

養老孟司 著

私の人生では「新しい」こと、つまりまだ済んでないことがあります。それは死ぬことです。——養老孟司が「死」から語り始める人生論。

定価 本体一、二〇〇円（税別）

PHPの本

# 日本は本当に「和の国」か

吉木誉絵 著

なぜ日本人のアイデンティティは「和の精神」なのか。そしてなぜ、いま共同体や自然との和が揺らいでいるのか。渾身のデビュー論考。

定価 本体一、六〇〇円（税別）